FABULA

86

DELLO STESSO AUTORE:

Amori ridicoli
I testamenti traditi
Il libro del riso e dell'oblio
Il valzer degli addii
Jacques e il suo padrone
L'arte del romanzo
L'immortalità
L'insostenibile leggerezza dell'essere
La vita è altrove
Lo scherzo

Milan Kundera

La lentezza

Traduzione di Ena Marchi

ADELPHI EDIZIONI

TITOLO ORIGINALE:
La lenteur

Le citazioni da *Senza domani* di Vivant Denon
sono tratte dall'edizione pubblicata da Adelphi.

Prima edizione: febbraio 1995
Settima edizione: settembre 1995

ISBN 88-459-1120-9

LA LENTEZZA

1

Ci è venuta voglia di passare la serata e la notte in un castello. In Francia molti sono stati trasformati in alberghi: un fazzoletto di verde sperduto in una distesa di squallore senza verde; un quadratino di viali, alberi, uccelli al centro di un'immensa rete di strade. Sono al volante e osservo nello specchietto retrovisore una macchina dietro di me. La freccia di sinistra lampeggia e tutta la macchina emette onde di impazienza. Il guidatore aspetta il momento giusto per superarmi: come un rapace che fa la posta a un passero.

Mia moglie Vera mi dice: «Sulle strade francesi ogni cinquanta minuti muore un uomo. Guardali, tutti questi pazzi che corrono accanto a noi. Sono gli stessi che sanno essere così straordinariamente prudenti quando sotto i loro occhi viene scippata una vecchietta.

Com'è possibile che quando guidano non abbiano paura? ».

Che cosa rispondere? Questo, forse: che l'uomo curvo sulla sua motocicletta è tutto concentrato sull'attimo presente del suo volo; egli si aggrappa a un frammento di tempo scisso dal passato come dal futuro; si è sottratto alla continuità del tempo; è fuori del tempo – in altre parole, è in uno stato di estasi: in tale stato non sa niente né della sua età, né di sua moglie, né dei suoi figli, né dei suoi guai, e di conseguenza non ha paura, poiché l'origine della paura è nel futuro, e chi si è affrancato dal futuro non ha più nulla da temere.

La velocità è la forma di estasi che la rivoluzione tecnologica ha regalato all'uomo. A differenza del motociclista, l'uomo che corre a piedi è sempre presente al proprio corpo, costretto com'è a pensare continuamente alle vesciche, all'affanno; quando corre avverte il proprio peso e la propria età, ed è più che mai consapevole di se stesso e del tempo della sua vita. Ma quando l'uomo delega il potere di produrre velocità a una macchina, allora tutto cambia: il suo corpo è fuori gioco, e la velocità a cui si abbandona è incorporea, immateriale – velocità pura, velocità in sé e per sé, velocità-estasi.

Strano connubio: la fredda impersonalità della tecnica e il fuoco dell'estasi. Mi torna in mente l'americana che una trentina di anni fa, con piglio insieme severo ed entusiastico, da vera militante dell'erotismo, mi diede una lezione (gelidamente teorica) sulla liberazione sessuale; la parola che ricorreva più frequentemente nel suo discorso era «orgasmo»; tenni il conto: la pronunciò quarantatré volte. Il culto dell'orgasmo: l'utilitarismo puritano applicato alla vita sessuale; l'efficienza contrapposta all'ozio; la riduzione del coito a un ostacolo che va superato il più velocemente possibile per giungere a un'esplosione estatica, unico vero fine dell'amore e dell'universo.

Perché è scomparso il piacere della lentezza? Dove mai sono finiti i perdigiorno di un tempo? Dove sono quegli eroi sfaccendati delle canzoni popolari, quei vagabondi che vanno a zonzo da un mulino all'altro e dormono sotto le stelle? Sono scomparsi insieme ai sentieri fra i campi, ai prati e alle radure – insieme alla natura? Un proverbio ceco definisce il loro placido ozio con una metafora: essi contemplano le finestre del buon Dio. Chi contempla le finestre del buon Dio non si annoia; è felice. Nel nostro mondo l'ozio è diventato inattività, che è tutt'altra cosa: chi è inattivo è frustrato, si annoia, è costantemente alla ricerca del movimento che gli manca.

Guardo nello specchietto retrovisore: sempre la stessa macchina che non riesce a superarmi a causa del traffico in senso inverso. Accanto al guidatore è seduta una donna; perché l'uomo non le racconta qualcosa di divertente? Perché non le appoggia la mano sul ginocchio? Macché: l'uomo maledice l'automobilista davanti a lui perché va troppo piano, e neppure la donna pensa a toccarlo con la mano – mentalmente sta guidando anche lei, e anche lei mi maledice.

E a me viene in mente un altro viaggio da Parigi verso un castello di campagna, il viaggio, avvenuto più di duecento anni fa, di Madame de T. e del giovane cavaliere che l'accompagnava. È la prima volta che sono così vicini l'uno all'altra, e l'ineffabile atmosfera di sensualità che li circonda nasce appunto dalla lentezza del ritmo: grazie ai sobbalzi della carrozza i loro corpi si toccano, dapprima inconsapevolmente, poi consapevolmente – e ha inizio la vicenda.

2

Questa la trama del racconto di Vivant Denon: un gentiluomo di vent'anni si trova una sera a teatro. (Di lui non conosciamo né il nome né il titolo, ma mi piace immaginarlo cavaliere). Nel palco accanto al suo scorge una signora (il racconto ci dà soltanto la prima lettera del suo nome: Madame de T.); è un'amica della contessa di cui il cavaliere è l'amante. Madame de T. gli chiede di accompagnarla dopo lo spettacolo. Stupefatto e confuso da un comportamento così risoluto, tanto più che conosce il favorito di Madame de T., un certo Marchese (del quale non ci verrà detto il nome: siamo entrati nel mondo del segreto, là dove non ci sono nomi), il cavaliere, senza rendersi conto di quel che gli accade, si ritrova seduto in carrozza al fianco della bella signora. Dopo un ameno e piacevole viaggio, la carrozza si ferma davanti alla scalinata di un castello di campagna, dove i due vengono accolti gelidamente dal marito di Madame de T. La cena a tre si svolge in un'atmosfera silenziosa e lugubre, poi il marito chiede il permesso di ritirarsi e li lascia soli.

E qui inizia la loro notte: una notte che ha la struttura di un trittico, di un percorso in tre tappe: prima passeggiano nel parco, poi fanno l'amore in un casinetto, e infine si amano in un boudoir segreto del castello.

All'alba si separano. Il cavaliere, incapace di ritrovare la propria camera nel dedalo dei corridoi, ritorna nel parco e qui, con sua grande meraviglia, incontra quello stesso Marchese che sa essere l'amante di Madame de T. Il Marchese, che è appena giunto al castello, lo saluta allegramente e gli svela il motivo del misterioso invito: Madame de T. aveva bisogno di qualcuno che le servisse da paravento e stornasse dal Marchese i sospetti del marito. Il Marchese si rallegra che l'inganno abbia funzionato e ride del cavaliere, costretto a interpretare il ridicolissimo ruolo di falso amante. Stremato dalla notte d'amore, il cavaliere riparte per Parigi con la carrozza che il Marchese riconoscente mette a sua disposizione.

Il racconto, che ha per titolo *Senza domani*, fu pubblicato per la prima volta nel 1777; il nome dell'autore (poiché siamo nel mondo del segreto) era sostituito da sette enigmatiche lettere maiuscole, M.D.G.O.D.R., in cui, volendo, si può leggere: «Monsieur Denon, Gentiluomo Ordinario Del Re». Venne poi ripubblicato, anonimo e in pochissimi esemplari, nel 1779, prima di riapparire, l'anno seguente, sotto il nome di un altro scrittore. Due nuove edizioni videro la luce nel 1802 e nel 1812, sempre senza il vero nome dell'autore; finché, dopo un oblio di oltre cinquant'anni, il racconto riapparve nel 1866. Da quel momento in poi venne attribuito a Vivant Denon, e nel corso di questo secolo la sua fama non ha fatto che crescere. Oggi viene annoverato fra le opere letterarie più rappresentative dell'arte e dello spirito del Settecento.

3

Nel linguaggio corrente la nozione di edonismo indica una propensione amorale per un'esistenza dedita al piacere, se non addirittura al vizio. Il che è ovviamente inesatto: Epicuro, primo grande teorico del piacere, aveva della vita felice una concezione estremamente scettica: prova piacere, egli diceva, colui che non soffre. Alla base dell'edonismo vi è dunque la nozione di sofferenza: è felice chi riesce a evitare la sofferenza; e poiché i piaceri sono più spesso causa di infelicità che di felicità, Epicuro raccomanda solo piaceri prudenti e modesti. La saggezza epicurea ha un sottofondo di malinconia: l'uomo, gettato nella miseria del mondo, si accorge che il solo valore inconfutabile e certo è il piacere, sia pur piccolo, che è in grado di procurarsi da sé: una sorsata di acqua fresca, uno sguardo rivolto al cielo (alle finestre del buon Dio), una carezza.

Modesti o no, i piaceri appartengono unicamente a chi li prova, e un filosofo potrebbe a giusto titolo rimproverare all'edonismo il suo intrinseco egoismo. Eppure, a mio avviso, il tallone d'Achille dell'edonismo non è l'egoismo, ma il suo carattere (magari mi sbagliassi!) disperatamente utopico: dubito infatti che l'ideale edonistico possa mai realizzarsi; e temo che la vita alla quale esso ci esorta sia incompatibile con la natura umana.

L'arte del Settecento ha sottratto i piaceri alle brume dei divieti morali, dando origine al cosiddetto atteggiamento libertino, quello che emana dai dipinti di Fragonard e di Watteau, dalle pagine di Sade, di Crébillon figlio o di Duclos. È per questo che il mio giovane amico Vincent adora questo secolo e se potesse porterebbe all'occhiello come un distintivo il profilo del marchese de Sade. Io condivido la sua ammirazione, ma aggiungo (pur senza essere ascoltato) che la vera grandezza di quest'arte non consiste nella propaganda dell'edonismo, bensì nell'analisi di esso. Ecco perché *Le relazioni pericolose* di Choderlos de Laclos è secondo me uno dei più grandi romanzi di tutti i tempi.

L'occupazione esclusiva dei personaggi è la conquista del piacere. Ma a poco a poco il lettore capisce che ad attrarli non è tanto il piacere quanto la conquista. Che a condurre le danze non è il desiderio di piacere ma il desiderio di vittoria. E quello che all'inizio sembra un gioco festosamente osceno si trasforma, in maniera impercettibile e fatale, in una lotta per la vita e per la morte. Ma che cosa hanno mai in comune la lotta e l'edonismo? Epicuro ha scritto: « Il saggio non cerca alcuna attività che sia connessa alla lotta ».

La forma epistolare delle *Relazioni pericolose* non è un mero procedimento tecnico che possa essere sostituito con un altro. È anzi una forma in se stessa eloquente: ci dice che tutto quanto i personaggi hanno vissuto l'hanno vissuto solo per raccontarlo, trasmetterlo, comunicarlo, confessarlo, scriverlo. In un mondo come questo, dove tutto si racconta, l'arma di più facile uso, e insieme la più letale, è la divulgazione. Valmont, il protagonista del romanzo, scrive alla donna da lui sedotta una lettera di rottura che le darà un colpo mortale; ma questa lettera gli è stata dettata parola per parola dalla sua amica, la Marchesa di Merteuil. In seguito, per vendicarsi, la stessa Merteuil fa leggere una lettera confidenziale di Valmont a colui che ne è il rivale; da ciò nascerà il duello nel quale Valmont soccomberà. Dopo la sua morte, la corrispondenza intima fra lui e Madame de Merteuil verrà divulgata e la marchesa, braccata e messa al bando, finirà la sua vita nel disprezzo generale.

In questo romanzo niente rimane un segreto esclusivo fra due esseri; tutti sembrano vivere all'interno di un'immensa conchiglia sonora in cui ogni parola, anche solo sussurrata, rimbomba, amplificata, in molteplici e interminabili echi. Quand'ero piccolo mi dicevano che appoggiando una conchiglia all'orecchio avrei sentito l'eterno mormorio del mare. Allo stesso modo, nel mondo di Laclos ogni parola rimane eternamente udibile. È questo dunque il Settecento? È questo il paradiso del piacere? O invece l'uomo, senza rendersene conto, vive da sempre in una conchiglia sonora? In ogni caso, una conchiglia sonora non è certo il mondo a cui pensa Epicuro quando ordina ai suoi discepoli: « Vivi nascosto! ».

4

L'uomo della reception è gentile, più gentile di quanto non siano generalmente i portieri di albergo. Ricordandosi che siamo venuti qui due anni fa, ci avverte che da allora molte cose sono cambiate. Hanno aperto una sala destinata ad accogliere convegni di vario genere e hanno costruito una bella piscina. Curiosi di vederla, attraversiamo una hall ampia e luminosa, con grandi vetrate che danno sul parco. In fondo alla hall un'ampia scala conduce alla piscina, che è grande, rivestita di piastrelle e sormontata da un soffitto a giorno. Vera mi ricorda: « L'ultima volta qui c'era un piccolo roseto ».

Prendiamo possesso della stanza, poi usciamo nel parco. Le verdi terrazze digradano verso la Senna. Siamo stupiti da tanta bellezza e desiderosi di fare una lunga passeggiata. Ma pochi minuti dopo eccoci di fronte a una strada sulla quale passano le macchine; facciamo dietro front.

La cena è squisita, e tutti sono ben vestiti, come per rendere omaggio a quel passato il cui ricordo aleggia ancora nella sala. Al tavolo accanto al nostro, una coppia con due bambini. Uno di loro canta ad alta voce. Il cameriere si china sul tavolo porgendo un vassoio. La madre lo guarda fisso, come per incitarlo a tessere gli elogi del bambino, il quale, fiero di essere osservato, sale in piedi sulla sedia e strilla ancora di più. Sul volto del padre appare un sorriso compiaciuto.

Beviamo un ottimo bordeaux, mangiamo dell'anatra, finiamo con un dolce – la specialità della casa –, chiacchieriamo, appagati e sereni. Quando torniamo in camera accendo un attimo il televisore. Anche qui, dei bambini. Ma stavolta sono negri e stanno morendo. Il nostro soggiorno al castello ha infatti avuto luogo nel periodo in cui, per settimane, ci venivano mostrati quotidianamente i bambini di un paese africano – il nome l'abbiamo già dimenticato (sono passati almeno due o tre anni, come si fa a ricordarsi tutti quei nomi!) –

devastato dalla guerra civile e dalla carestia. I bambini sono magri, sfiniti, non hanno neanche più la forza di fare un gesto per scacciare le mosche che passeggiano sui loro volti.

Vera mi domanda: « Ma in quel paese di vecchi non ne muoiono? ».

Eh, no: il dato interessante in quella carestia, ciò che l'ha resa unica tra i milioni di carestie succedutesi sulla terra è il fatto che mieteva vittime unicamente fra i bambini. Sullo schermo non abbiamo visto soffrire un solo adulto, pur avendo guardato i notiziari tutti i giorni proprio allo scopo di avere una conferma di questa inaudita circostanza.

È quanto mai logico, dunque, che siano stati non gli adulti ma appunto i bambini a ribellarsi contro questa crudeltà dei vecchi e, con la spontaneità che li caratterizza, abbiano lanciato la notissima campagna denominata « I bambini europei inviano riso ai bambini somali ». La Somalia! Ma certo! Questo slogan famoso mi ha fatto ritrovare il nome perduto! Ah, è un vero peccato che tutto questo sia già caduto nel dimenticatoio! I bambini hanno comprato pacchi di riso, una quantità sterminata di pacchi di riso. I genitori, impressionati da questo sentimento di solidarietà planetaria che albergava nei loro figli, hanno offerto del denaro, e tutte le istituzioni sono venute in aiuto; il riso è stato raccolto nelle scuole, trasportato fino ai porti, imbarcato su navi dirette in Africa, e tutti hanno potuto seguire la gloriosa epopea del riso.

Subito dopo i bambini moribondi, invadono lo schermo certe fanciulline sui sei, otto anni, vestite come donne fatte e con i modi accattivanti delle vecchie vanesie – oh come sono carini, quanto sono buffi e commoventi i bambini quando scimmiottano gli adulti: ecco che queste donnine e questi ometti si baciano sulla bocca, poi compare un uomo con in braccio un neonato, e mentre lui ci spiega qual è il modo migliore per lavare la biancheria che il bimbo ha appena sporcato, una bella donna gli si avvicina, schiude le labbra e tira fuori una lingua terribilmente sensuale che incomincia a penetrare la bocca terribilmente pacioccona del portatore di neonato.

« Andiamo a letto » dice Vera, e spegne il televisore.

5

I bambini francesi che si prodigano per portare aiuto ai loro piccoli compagni africani mi fanno sempre tornare alla mente la faccia dell'intellettuale Berck. Erano quelli i suoi giorni di gloria. E come spesso succede, la sua gloria aveva avuto origine da un fallimento. Ricordate? Negli anni Ottanta di questo secolo il mondo fu colpito da un'epidemia: una malattia chiamata AIDS, che si trasmetteva con il contatto amoroso e, nei primi tempi, mieteva vittime soprattutto fra gli omosessuali. Per opporsi ai fanatici che vedevano nell'epidemia un giusto castigo divino ed evitavano i malati come fossero appestati, gli spiriti tolleranti manifestavano loro solidarietà e cercavano di dimostrare che frequentandoli non si correva alcun rischio. Così il deputato Duberques e l'intellettuale Berck organizzarono un pranzo in un noto ristorante parigino insieme a un gruppo di malati di AIDS; la cosa si svolse in un'atmosfera ideale e, deciso a non lasciarsi sfuggire l'occasione di dare il buon esempio, per il dolce il deputato Duberques aveva invitato le telecamere. Non appena le vide comparire si alzò, si avvicinò a un malato, lo sollevò dalla sedia e lo baciò sulla bocca ancora piena di mousse al cioccolato. Berck fu preso alla sprovvista. Capì immediatamente che, una volta fotografato e filmato, il bacio di Duberques sarebbe diventato immortale; si alzò a sua volta e rifletté intensamente sul da farsi: doveva anche lui baciare un malato di AIDS? Nella prima fase della sua riflessione decise di resistere a questo impulso, perché dentro di sé non era poi così certo che il contatto con la bocca del malato non fosse contagioso; nella fase successiva, valutando che la fotografia del bacio al malato valeva il rischio, stabilì di mettere da parte ogni cautela; ma nella terza fase venne fermato nella sua corsa verso la bocca sieropositiva da una considerazione: il fatto di baciare a sua volta un malato non l'avrebbe messo sullo stesso piano di Duberques, ma anzi abbassato al rango di un imitatore, di uno scopiazzatore, o addirittura di un servo, e quel gesto avventato avrebbe solo contribuito a dare maggior lustro alla gloria dell'altro. Si limitò dunque a rimanere in piedi e a sorridere con aria idiota. Ma quei pochi secondi di esitazione gli costarono cari, perché le telecamere erano lì, e al telegiornale la Francia intera poté leggere sulla sua faccia le tre fasi di quell'imbarazzo e ridere di lui. I bambini che raccoglievano pacchi di riso da mandare in Somalia gli vennero dunque in aiuto al momento giusto. Non perse occasione per lanciare al pubblico televisivo la bella frase: « Solo i bambini vivono nella verità! », poi andò in Africa e si fece fotografare accanto a una negretta moribonda con il viso coperto di mosche. La foto fece il giro del mondo, diventando molto più famosa di quella in cui Duberques baciava un malato di AIDS, perché un bambino che muore vale più di un adulto che muore – un'ovvietà, questa, che all'epoca sfuggiva ancora a Duberques. Il quale, tuttavia, non si diede per vinto, e pochi giorni dopo apparve in televisione; essendo un cattolico praticante e ben conoscendo l'ateismo di Berck, ebbe l'idea di portarsi dietro una candela, arma davanti alla quale anche i più incalliti miscredenti non possono che chinare il capo, e mentre il giornalista lo intervistava la tirò fuori di tasca e l'accese; con il perfido scopo di gettare il discredito sulla dedizione di Berck alla causa di paesi lontani, parlò dei bambini poveri che ci sono da noi, nelle nostre campagne, nelle nostre periferie urbane, e invitò i suoi concittadini a partecipare, ciascuno con in mano una candela, a una grande marcia per le strade di Parigi, in segno di solidarietà con i piccoli sofferenti; dopodiché (dissimulando la propria ilarità) rivolse a Berck un invito esplicito a mettersi con lui alla testa del corteo. Berck non aveva scelta: o prendere parte alla marcia con una candela in mano come un chierichetto di Duberques, o sottrarsi ed esporsi così alla disapprovazione generale. Era una trappola, ma lui riuscì a schivarla con un gesto audace quanto inatteso: decise di involarsi seduta stante per un paese asiatico in rivolta e di proclamarvi a gran voce la sua solidarietà con il popolo oppresso. Purtroppo però la geografia non era mai stata il suo forte, e il mondo si divideva per lui in due parti, la Francia e una non-Francia di cui non distingueva bene le oscure province: atterrò così in un altro paese, uggiosamente pacifico, il cui aeroporto si trovava in mezzo alle montagne ed era gelido e mal collegato; e fu costretto a rimanervi otto giorni in attesa di un aereo che lo riportasse a Parigi affamato e incimurrito.

« Berck è il re martire dei ballerini » commentò Pontevin.

Il concetto di « ballerino » è noto solo a una ristretta cerchia di amici di Pontevin. È la sua grande invenzione, ed è un peccato che non l'abbia mai sviluppata in un libro, né proposta come tema di un simposio internazionale. Ma Pontevin se ne infischia della pubblica fama. Ed è per questo che i suoi amici lo ascoltano con un'attenzione e un piacere ancora più grandi.

6

Al giorno d'oggi, secondo Pontevin, gli uomini politici sono tutti un po' ballerini, e tutti i ballerini si occupano di politica, il che non deve però indurci a confondere gli uni con gli altri. Il ballerino si distingue dall'uomo politico comune per il fatto che non desidera il potere ma la gloria, e che non desidera imporre al mondo questa o quella organizzazione sociale (diciamo pure che non gliene importa un fico secco), bensì occupare la scena perché il suo io possa rifulgere.

Per occupare la scena bisogna cacciarne via gli altri. Il che implica una speciale tecnica di lotta. La lotta ingaggiata dal ballerino viene da Pontevin definita «judo morale». Il ballerino lancia la sua sfida all'universo mondo: chi mai sarà capace di mostrarsi più morale (più coraggioso, più onesto, più sincero, più disposto al sacrificio, più veritiero) di lui? E ricorre a tutte le mosse che gli consentono di mettere l'altro in una situazione di inferiorità morale.

Allorché un ballerino avrà la possibilità di entrare nel gioco politico, rifiuterà ostentatamente tutte le trattative segrete (che costituiscono da sempre il terreno di gioco della politica vera) denunciandole come ingannevoli, disoneste, ipocrite e turpi; avanzerà le sue proposte pubblicamente, dall'alto di un podio, cantando e ballando, e inviterà gli altri, chiamandoli in causa personalmente, a seguirlo nella sua azione; insisto: non in modo discreto (per dare all'altro il tempo di riflettere, di avanzare eventuali proposte alternative), ma pubblicamente, e se possibile cogliendo tutti di sorpresa: «Siete pronti (come lo sono io) a devolvere il vostro stipendio di marzo a favore dei bambini somali? ». Colti alla sprovvista, gli altri avranno solo due possibilità: o rifiutare, dichiarando in tal modo la propria infamia di nemici dei bambini, o rispondere: « Sì » in un terribile imbarazzo, che la telecamera dovrà maliziosamente mostrare allo stesso modo in cui ha mostrato le esitazioni del povero Berck alla fine del pranzo con i malati di AIDS. « Lei, dottor H., perché tace quando nel suo paese vengono calpestati i diritti umani? ». Al dottor H. la domanda fu posta nel bel mezzo di un intervento chirurgico, in un momento, dunque, in cui non poteva certo rispondere; ma dopo che ebbe ricucito l'addome del paziente si vergognò a tal punto del proprio silenzio che snocciolò tutto quello che ci si aspettava da lui e anche di più; dopodiché il ballerino che lo aveva chiamato in causa (ricorrendo così a un'altra mossa, particolarmente temibile, di judo morale) buttò lì un: « Era ora. Meglio tardi... ».

Ci sono situazioni (nei regimi totalitari, per esempio) in cui prendere pubblicamente posizione può essere pericoloso; ma per il ballerino lo è un po' meno che per gli altri poiché, essendosi abbondantemente esibito sotto le luci dei riflettori in modo che tutti potessero vederlo, l'attenzione del pubblico lo protegge; i suoi ammiratori anonimi, invece, obbedendo al suo richiamo sconsiderato quanto splendido, firmano petizioni, partecipano a riunioni proibite e a manifestazioni di strada: per loro non si avrà alcun riguardo, e il ballerino non cederà mai alla tentazione sentimentale di imputare a se stesso le loro disgrazie, nella certezza che una nobile causa conta ben più della vita di un singolo individuo.

Vincent obietta a Pontevin: « Sappiamo bene che tu aborri Berck, e siamo tutti con te. Tuttavia, pur essendo un coglione, ha sostenuto delle cause che anche noi riteniamo giuste – o, se preferisci, è stata la sua vanità a sostenerle. E ti chiedo: se uno vuole intervenire in un conflitto pubblico, se vuole attirare l'attenzione su un'infamia o aiutare un perseguitato, come può, nell'epoca in cui viviamo, non essere o non sembrare un ballerino? ».

Domanda alla quale il misterioso Pontevin risponde: « Sbagli a pensare che io volessi attaccare i ballerini. Io li difendo. Chi prova antipatia per i ballerini e intende denigrarli si troverà sempre di fronte un ostacolo insormontabile: la loro onestà. Esponendosi costantemente in pubblico, infatti, il ballerino si condanna a essere irreprensibile; non ha stretto come Faust un patto col Diavolo, lo ha stretto con l'Angelo; vuole fare della propria vita un'opera d'arte, e in questa impresa riceve aiuto dall'Angelo – non dimenticare infatti che la danza è un'arte! Ed è proprio in questa ossessione che risiede la vera essenza del ballerino: nel considerare la propria vita come la materia di un'opera d'arte. Lui non predica la morale: la danza! Vuole impressionare e abbagliare il mondo con la bellezza della propria vita! È innamorato della propria vita come uno scultore della statua che va modellando ».

7

Mi chiedo perché Pontevin non renda pubbliche idee così interessanti. Eppure non ha granché da fare questo dottore in Storia medioevale che si annoia nel suo ufficio alla Biblioteca Nazionale. Non si cura di rendere note le sue teorie? Dirò di più: è una cosa che gli fa orrore. Colui che rende pubbliche le proprie idee rischia di convincere gli altri della verità di cui si fa portatore, di influenzarli, e di dover quindi calarsi nel ruolo di chi aspira a cambiare il mondo. Cambiare il mondo! Per Pontevin è un'intenzione mostruosa! E non perché gli piaccia il mondo così com'è, ma perché ritiene che ogni cambiamento conduca ineluttabilmente al peggio. E anche perché, da un punto di vista più egoistico, sa che qualunque idea resa pubblica si ritorcerà presto o tardi contro il suo autore e lo priverà del piacere di averla pensata. Il nostro Pontevin è infatti un grande discepolo di Epicuro: egli inventa ed elabora le sue idee per puro piacere. Non disprezza affatto l'umanità, che è per lui una fonte inesauribile di riflessioni gioiosamente maliziose, ma non ha la benché minima voglia di entrare con essa in più stretto contatto. Ha attorno a sé un gruppo di amici che si ritrovano al Café Gascon, e questo ridotto campione di umanità gli basta e avanza.

Fra questi amici Vincent è il più candido e il più commovente. A lui va tutta la mia simpatia, e l'unica cosa che gli rimprovero (con una punta di gelosia, lo ammetto) è la sua giovanile e a mio parere eccessiva adorazione verso Pontevin. Ma perfino questa devozione ha un che di commovente. Quando sono insieme parlano di mille argomenti che affascinano Vincent – di filosofia, di politica, di libri –, e Vincent è felice di stare da solo con lui; il giovane discepolo trabocca di idee curiose e provocatorie, e Pontevin, affascinato a sua volta, lo corregge, lo stimola, lo incoraggia. Ma basta che arrivi una terza persona perché Vincent si senta di colpo infelice: subito Pontevin si trasforma, parla a voce più alta e dice cose divertenti, troppo divertenti per i gusti di Vincent.

Facciamo un esempio. Sono da soli al caffè, e Vincent gli chiede: «Cosa pensi veramente di quello che succede in Somalia?». E Pontevin, paziente, gli fa una conferenza sull'Africa. Vincent avanza delle obiezioni, discutono, e magari ci scherzano anche un po' su, ma senza cercare di fare gli spiritosi, solo per concedersi un momento di riposo in una conversazione delle più serie.

Arriva Machu in compagnia di una bella sconosciuta. Vincent vorrebbe continuare la discussione: «Ma scusa, Pontevin, non credi di sbagliarti quando sostieni che...», ed elabora un'interessante argomentazione polemica contro le teorie dell'amico.

Pontevin fa una lunga pausa. È un maestro, lui, delle lunghe pause. Sa che solo i timidi ne hanno paura, e che quando non sanno cosa rispondere si lanciano in affermazioni maldestre coprendosi di ridicolo. Pontevin sa tacere così mirabilmente che persino la Via Lattea, impressionata dal suo silenzio, aspetta, impaziente, che egli risponda. Senza pronunciare una sola parola guarda Vincent, il quale, non si sa perché, abbassa pudicamente gli occhi, poi, sorridendo, guarda l'amica di Machu, e di nuovo si volta verso Vincent con uno sguardo colmo di finta sollecitudine: «Questo tuo modo di insistere, in presenza di una signora, su pensieri eccessivamente brillanti è il segno di un preoccupante riflusso della tua libido ».

Sul volto di Machu appare il suo celebre sorriso da idiota, la bella signora rivolge a Vincent uno sguardo di divertita condiscendenza, e Vincent si fa paonazzo. Si sente ferito: un amico che un attimo fa gli dedicava tutta la sua attenzione adesso, improvvisamente, non esita a metterlo a disagio al solo scopo di far colpo su una donna.

Intanto arrivano altri amici, si siedono e chiacchierano; Machu racconta qualche aneddoto; Goujard con brevi e asciutte osservazioni esibisce la sua erudizione; ogni tanto una delle donne presenti scoppia in una risata. Pontevin non parla; è in attesa; poi, quando ritiene che il suo silenzio sia maturo al punto giusto, dice: « La mia amichetta continua a chiedermi di comportarmi con lei in modo brutale ».

Dio, come lo dice bene! Anche gli occupanti dei tavoli vicini si sono zittiti e lo ascoltano, e l'aria comincia a vibrare di ilarità impaziente. Che cosa c'è di tanto comico nel fatto che la sua amichetta gli chieda di comportarsi in modo brutale? Tutto sta, probabilmente, nel sortilegio della voce, e Vincent non può impedirsi di avvertire una fitta di gelosia, perché paragonata a quella di Pontevin la sua voce è come un povero piffero che si sforzi di competere con un violoncello. Pontevin parla piano, senza mai forzare la voce, eppure questa riempie tutta la sala e rende impercettibili gli altri rumori del mondo.

« Comportarmi in modo brutale... » prosegue. « Ma non ne sono capace! Io non sono brutale! Sono troppo raffinato! ».

L'aria continua a vibrare di ilarità e, per assaporare quella vibrazione, Pontevin fa una pausa.

Poi dice: « Ogni tanto viene a casa mia una giovane dattilografa. Un giorno, mentre le stavo dettando qualcosa, all'improvviso, pieno di buona volontà, l'afferro per i capelli, la sollevo dalla sedia e la trascino verso il letto. A mezza strada la lascio andare e scoppio a ridere: "Che sciocco! Non è lei che mi chiede di essere brutale! Mi scusi, signorina!" ».

Tutto il caffè ride, anche Vincent, che adesso ama di nuovo il suo maestro.

8

Il giorno seguente, però, gli dice in tono di rimprovero: « Pontevin, tu non sei soltanto il grande teorico dei ballerini, sei tu stesso un grande ballerino ».

Pontevin (un po' imbarazzato): « Tu confondi i concetti ».

Vincent: « Quando siamo insieme tu e io, e qualcun altro si unisce a noi, immediatamente il luogo in cui ci troviamo si divide in due parti: io e il nuovo venuto siamo in platea e tu balli sulla scena ».

Pontevin: « Ti dico che confondi i concetti. La definizione di ballerino si applica esclusivamente agli esibizionisti della vita pubblica. E io la vita pubblica la aborro ».

Vincent: « Ieri ti sei comportato davanti a quella donna come Berck davanti a una telecamera. Hai fatto in modo di attirare su di te tutta la sua attenzione. Volevi essere il migliore, il più spiritoso. E hai usato contro di me il più volgare judo degli esibizionisti ».

Pontevin: « Il judo degli esibizionisti, forse. Ma non il judo morale! Ed è per questo che sbagli dandomi del ballerino. Il ballerino vuole essere più morale degli altri. Mentre io ho voluto sembrare peggiore di te ».

Vincent: « Il ballerino vuole sembrare più morale perché il suo vasto pubblico è ingenuo e trova belli i gesti morali. Ma il nostro esiguo pubblico è perverso fino all'amoralità. Tu hai quindi usato contro di me il judo amorale, e questo non è affatto in contraddizione con la tua essenza di ballerino ».

Pontevin (cambiando improvvisamente tono, con grande sincerità): «Se ti ho ferito, perdonami, Vincent».

Vincent (subito commosso dalle scuse di Pontevin): «Non ho niente da perdonarti. Lo so che stavi scherzando».

Non è un caso che si incontrino sempre al Café Gascon. Fra i loro santi protettori è d'Artagnan il più grande: il patrono dell'amicizia, unico valore che considerino sacro.

Pontevin prosegue: «Nel senso più ampio della parola (e qui in effetti hai ragione tu) vi è certamente un ballerino in ciascuno di noi, e non ho difficoltà ad ammettere che di fronte a una donna sono dieci volte più ballerino degli altri. Che posso farci? È più forte di me».

Vincent ride amichevolmente, sempre più commosso, e Pontevin continua con aria contrita: «D'altra parte, se io sono, come tu stesso hai appena riconosciuto, il grande teorico dei ballerini, deve pur esserci fra me e loro una piccola rassomiglianza, altrimenti non potrei capirli. Sì, Vincent, questo non ho difficoltà ad ammetterlo».

A questo punto, Pontevin abbandona il ruolo dell'amico pentito per assumere nuovamente quello del teorico: «Ma soltanto una piccolissima rassomiglianza, perché nel senso specifico che attribuisco a questo concetto io non ho niente a che vedere con il ballerino.

Ritengo non solo possibile ma addirittura probabile che in presenza di una donna un vero ballerino – uno come Berck o Duberques – non abbia alcuna voglia di esibirsi e di sedurre. Non gli verrebbe nemmeno in mente di raccontare di aver preso per i capelli una dattilografa e di averla trascinata verso il letto perché l'aveva scambiata per un'altra. Perché il pubblico che lui vuole sedurre non sono tre o quattro donne concrete e visibili ma l'immensa folla di quelle invisibili! Ecco, vedi, questo è un altro capitolo della teoria del ballerino che va elaborato: l'invisibilità del suo pubblico. È tutta qui la spaventosa modernità del personaggio! È uno che non si esibisce per te o per me, ma per il mondo intero. E il mondo intero che cos'è? Un infinito senza facce! Un'astrazione ».

Nel bel mezzo di questa conversazione arriva Goujard in compagnia di Machu, che dalla porta si rivolge a Vincent: « Non mi hai detto di essere stato invitato al grande simposio degli entomologi? Ho una notizia per te! Ci sarà anche Berck ».

Pontevin: « Ancora lui! Ma è dappertutto! ».

Vincent: « Che diavolo ci viene a fare? ».

Machu: « Visto che sei un entomologo, dovresti saperlo ».

Goujard: « Da studente ha frequentato per un anno la Scuola di Studi Superiori di Entomologia. Nel corso del convegno gli verrà conferita la laurea *honoris causa* in Entomologia ».

E Pontevin: « Bisogna andarci e piantare un gran casino! ». Poi, voltandosi verso Vincent: « Ci farai entrare tutti quanti da clandestini! ».

9

Vera si è addormentata; apro la finestra che dà sul parco e penso al percorso che hanno seguito Madame de T. e il suo giovane cavaliere dopo essere usciti dal castello quella notte – a quell'indimenticabile percorso in tre tappe.

Prima tappa: i due passeggiano, con le braccia allacciate, conversando; poi trovano una panchina in mezzo a un prato e si siedono, sempre allacciati e continuando a conversare. È una notte di luna, e il giardino digrada in terrazze verso la Senna, il cui mormorio si unisce allo stormire delle foglie. Cerchiamo di afferrare qualche frammento della conversazione. Il cavaliere chiede che gli venga accordato un bacio, e Madame de T. risponde:

« Lo faccio volentieri: se rifiutassi, ne andreste troppo fiero. Il vostro amor proprio vi farebbe credere che ho paura di voi ».

Ogni singola parola di Madame de T. è frutto di un'arte, l'arte della conversazione, che non lascia alcun gesto senza commento e ne elabora il senso; in questo caso, ad esempio, ella concede al cavaliere il bacio da lui sollecitato, ma solo dopo aver imposto a tale assenso la propria personale interpretazione: se si lascia baciare è unicamente per ricondurre l'orgoglio del cavaliere nei suoi giusti limiti.

Fatto sta che questo gioco dell'intelletto, capace di trasformare un bacio in un gesto di ripulsa, non inganna nessuno, neanche il cavaliere, che tuttavia deve prendere sul serio le parole di lei in quanto fanno parte di un procedimento mentale a cui bisogna rispondere con un altro procedimento mentale. La conversazione non è un modo di riempire il tempo, tutt'altro: è ciò che organizza il tempo, che lo governa e impone leggi che vanno rispettate.

La prima tappa della loro notte si conclude così: al bacio che Madame de T. aveva concesso al cavaliere perché non andasse troppo fiero di un rifiuto ne è seguito un altro, e poi un altro ancora: e i baci « si affollavano, smozzicavano la conversazione, ne prendevano il posto... ». Ma d'improvviso lei si alza e decide che è ora di rientrare.

Che arte della messa in scena! Dopo il primo turbamento dei sensi, occorreva mostrare che il piacere amoroso era un frutto non ancora maturo; occorreva alzarne il prezzo, renderlo più desiderabile; occorreva creare una peripezia, una tensione, una suspense. Tornando verso il castello con il cavaliere, Madame de T. simula una discesa nel nulla, ben sapendo che all'ultimo momento avrà il potere di rovesciare la situazione e di prolungare l'incontro. Basterà una frase, una di quelle formule che l'arte secolare della conversazione possiede a dozzine. E tuttavia, per una sorta di inattesa cospirazione, per un'imprevedibile mancanza di ispirazione, non riesce a trovarne neanche una. È come un attore che abbia improvvisamente dimenticato la parte. Perché è proprio così, bisogna conoscere la parte; non è come oggi – oggi una ragazza può dire: tu ne hai voglia, io ne ho voglia, su, non perdiamo tempo! Per loro, questa franchezza si trova al di là di una barriera che a dispetto di tutte le loro convinzioni libertine non possono superare. Se nessuno dei due riuscirà a escogitare qualcosa, se non troveranno un pretesto valido per prolungare la passeggiata, saranno costretti, dalla semplice logica del loro silenzio, a ritornare al castello e a separarsi. Più sono consapevoli, l'uno come l'altra, dell'urgenza di trovare un pretesto per fermarsi e di enunciarlo ad alta voce, più le loro bocche sono come cucite: tutte le frasi che potrebbero venir loro in soccorso si nascondono proprio ora che disperatamente le invocano. Ecco perché, avvicinandosi alla porta del castello, « mossi dal medesimo istinto, i nostri passi si rallentavano a vicenda ».

Per fortuna, all'ultimo momento, come se il suggeritore si fosse finalmente svegliato, lei ricorda la parte; lo aggredisce: « Non sono contenta di voi... ». Finalmente! Finalmente! Sono salvi! È in collera! Simulare un inconsistente corruccio è il pretesto che le permetterà di prolungare la passeggiata. Lei è stata sincera con lui: perché allora il cavaliere non le ha detto nemmeno una parola sulla sua beneamata Contessa? Non c'è tempo da perdere, bisogna spiegarsi! Bisogna parlare! La conversazione riprende, e i due si allontanano di nuovo dal castello lungo un sentiero che questa volta li condurrà senza intralci verso l'amplesso.

10

E sempre conversando Madame de T. delimita il terreno, prepara la successiva fase degli avvenimenti, suggerisce al compagno che cosa pensare e come agire. Lo fa con finezza, con eleganza, e in modo indiretto, come se parlasse d'altro. Gli svela quanto calcolatrice ed egoista sia la Contessa affinché possa sentirsi sciolto dal suo impegno di fedeltà e ben disposto all'avventura notturna che lei gli prepara. Organizza non solo il futuro immediato ma anche il futuro più lontano, facendo capire al cavaliere che non intende affatto proporsi come la rivale della Contessa – dalla quale gli consiglierà per altro di non separarsi. Gli impartisce insomma un corso accelerato di educazione sentimentale, gli insegna la sua filosofia pratica dell'amore, il quale va affrancato dalla tirannia delle regole morali e protetto con la discrezione, che fra tutte è la virtù suprema. E riuscirà anche, con la massima naturalezza, a spiegargli come dovrà comportarsi l'indomani con suo marito.

Vi vedo stupefatti: dove, in questo spazio così ragionevolmente organizzato, delimitato, tracciato, calcolato, misurato, dov'è il posto per la spontaneità, per una « pazzia », dov'è dunque il delirio, l'accecamento del desiderio, « l'amour fou » osannato dai surrealisti, dov'è l'oblio di sé? Dove sono tutte quelle virtù dell'insensatezza che hanno plasmato la nostra idea dell'amore? No, non hanno nulla da spartire con questa vicenda. Madame de T. è la sovrana della ragione. Non della inesorabile ragione della Marchesa di Merteuil, ma di una ragione tenera e sollecita, di una ragione a cui è affidato il compito supremo di proteggere l'amore.

La vedo ora condurre il cavaliere attraverso il chiarore lunare. E la vedo fermarsi e mostrargli i contorni di un tetto che affiora dalla penombra: ah, di quali voluttà è stato testimone quel casinetto, peccato, gli dice, che non abbia con sé la chiave. Si avvicinano e (che caso strano! che caso inopinato!) la porta del casinetto è aperta.

Ma perché gli ha raccontato di non avere con sé la chiave? Perché non gli ha detto subito che quella porta non viene più chiusa? Tutto è premeditato, costruito, artificiale, tutto fa parte di una messa in scena, niente è sincero, in altre parole: tutto è arte; in questo caso, arte di prolungare l'attesa, o meglio ancora arte di prolungare quanto più possibile lo stato di eccitazione.

11

Denon non fornisce alcuna descrizione fisica di Madame de T. Di una cosa però sono certo: non può essere magra; suppongo anzi che abbia « forme rotonde e flessuose » (è con queste parole che Laclos caratterizza il personaggio femminile più seducente delle *Relazioni pericolose*), e che sia proprio la rotondità del corpo a produrre la rotondità e la lentezza dei movimenti e dei gesti. Tutto in lei esprime un placido ozio. Ella possiede la sapienza della lentezza e conosce a meraviglia la tecnica del *rallentando*. Lo dimostra in modo particolare nel corso della seconda tappa della notte, quella che ha come sfondo il casinetto. I due entrano, si baciano, si lasciano cadere su un divano, fanno l'amore. Ma « tutto era stato alquanto precipitoso. Sentimmo di aver sbagliato ... Troppo ardenti, si è meno delicati. Ci si precipita verso il piacere senza discernere le delizie che lo precedono ».

Questa « precipitazione » che fa loro smarrire la dolce lentezza viene percepita da entrambi come uno sbaglio; tuttavia non credo che Madame de T. ne sia sorpresa, penso piuttosto che ritenesse questo sbaglio inevitabile, fatale, che se lo aspettasse, e che abbia premeditato l'intermezzo del casinetto a ragion veduta, come un *ritardando* destinato a frenare, ad arginare la prevedibile e prevista rapidità degli eventi affinché, una volta giunta alla terza tappa, la loro avventura potesse, in uno scenario nuovo, dispiegarsi in tutta la sua splendida lentezza.

Così ella interrompe l'amore nel casinetto, e ricomincia a passeggiare nel parco in compagnia del cavaliere; si siede sulla panchina in mezzo al prato, riprende la conversazione e lo conduce poi in un boudoir segreto, situato accanto al suo appartamento, che il marito aveva fatto trasformare, prima del matrimonio, in un tempio incantato dell'amore. Giunto sulla soglia, il cavaliere rimane stupefatto: gli specchi che ricoprono interamente le pareti moltiplicano la loro immagine in modo tale da dare l'illusione che un infinito numero di coppie si amino attorno a loro. Ma non è lì che fanno l'amore: quasi volesse impedire una troppo possente esplosione dei sensi e prolungare quanto più possibile il tempo dell'eccitazione, Madame de T. conduce il cavaliere in una stanza attigua, una sorta di grotta immersa nell'oscurità e in cui è ammucchiata una profusione di cuscini; è solo qui che faranno l'amore, a lungo e lentamente, fino all'alba.

Rallentando la corsa della loro notte, dividendola in parti distinte e separate fra loro, Madame de T. è riuscita a trasformare il breve arco di tempo a loro concesso in una meravigliosa architettura, in una forma. Dar forma a una durata è l'esigenza della bellezza, ma è anche quella della memoria. Ciò che è informe è inafferrabile, non memorizzabile. Concepire l'incontro come una forma è stato per loro tanto più prezioso perché quella notte era destinata a rimanere senza domani e non avrebbe potuto ripetersi che nel ricordo.

C'è un legame segreto fra lentezza e memoria, fra velocità e oblio. Prendiamo una situazione delle più banali: un uomo cammina per la strada. A un tratto cerca di ricordare qualcosa, che però gli sfugge. Allora, istintivamente, rallenta il passo. Chi invece vuole dimenticare un evento penoso appena vissuto accelera inconsapevolmente la sua andatura, come per allontanarsi da qualcosa che sente ancora troppo vicino a sé nel tempo.

Nella matematica esistenziale questa esperienza assume la forma di due equazioni elementari: il grado di lentezza è direttamente proporzionale all'intensità della memoria; il grado di velocità è direttamente proporzionale all'intensità dell'oblio.

12

Denon vivente, è probabile che solo una ristretta cerchia di iniziati riconoscesse in lui l'autore di *Senza domani*; e anche dopo la sua morte dovettero passare molti anni perché il mistero fosse svelato in modo certo e (probabilmente) definitivo. Il destino di questo racconto assomiglia dunque curiosamente alla storia che esso narra: rimase avvolto nella penombra del segreto, della discrezione, della finzione, dell'anonimato.

Incisore, disegnatore, diplomatico, viaggiatore, intenditore d'arte, affascinante animatore di salotti e al tempo stesso uomo dalla brillante carriera, Vivant Denon non ha mai reclamato la proprietà artistica del racconto. Non che rifiutasse la gloria: è che all'epoca essa aveva tutt'altro significato. Il pubblico che lo interessava, e che voleva sedurre, non era affatto, a mio avviso, la massa di sconosciuti ai quali anela di piacere l'odierno scrittore, bensì il piccolo gruppo di quelli che poteva conoscere e stimare personalmente. Il piacere procuratogli dal plauso dei suoi lettori non dev'essere stato molto diverso da quello che provava di fronte ai pochi ascoltatori raccolti attorno a lui in uno dei salotti nei quali brillava.

Ci sono due specie di gloria: quella che precede l'invenzione della fotografia e quella successiva ad essa. Nel Trecento, il re ceco Venceslao si divertiva a frequentare le taverne di Praga e a chiacchierare in incognito con la gente del popolo. Aveva il potere, la gloria e la libertà. Il principe Carlo d'Inghilterra non ha alcun potere, alcuna libertà, ma ha una gloria immensa: che si trovi nella foresta vergine o nella sua vasca da bagno nascosta in un bunker diciassette piani sotto il livello del suolo, egli non può in alcun modo sfuggire agli occhi che lo inseguono e lo riconoscono. Ora che la gloria ha divorato interamente la sua libertà, egli sa che solo persone totalmente incoscienti possono oggi acconsentire a trascinarsi dietro i rumorosi barattoli della celebrità.

Mi direte che se il carattere della gloria cambia, questo riguarda in ogni caso solo pochi privilegiati. Vi sbagliate. Perché la gloria non riguarda solo la gente famosa, riguarda tutti. Oggi la gente famosa occupa le pagine dei settimanali e gli schermi televisivi, invadendo l'immaginazione di tutti. E tutti contemplano, almeno in sogno, la possibilità di diventare oggetto di una simile gloria (non quella del re Venceslao che frequentava le bettole, ma quella del principe Carlo nascosto nella sua vasca da bagno diciassette piani sotto il livello del suolo). Questa possibilità segue come un'ombra ciascuno di noi e cambia il carattere della nostra vita; perché (ed è un'altra definizione elementare e universalmente nota della matematica esistenziale) ogni nuova possibilità che si offre all'esistenza, anche la meno probabile, trasforma l'esistenza intera.

13

Forse Pontevin sarebbe meno feroce nei riguardi dell'intellettuale Berck se fosse a conoscenza dei fastidi che recentemente questi ha dovuto subire da parte di una certa Immacolata, sua ex compagna di classe da lui (invano) concupita ai tempi del liceo.

Un giorno – erano passati almeno vent'anni da allora – Immacolata vide Berck alla televisione, filmato mentre scacciava le mosche dal viso di una bambina negra; quell'immagine ebbe su di lei l'effetto di una folgorazione. All'improvviso capì di averlo sempre amato. Il giorno stesso gli scrisse una lettera nella quale faceva appello a quel loro « antico ed innocente amore ». In realtà Berck ricordava benissimo quanto il suo amore, lungi dall'essere innocente, fosse stato lussurioso, e quanto si fosse sentito umiliato allorché lei lo aveva respinto senza tanti riguardi. Era stata questa d'altronde la ragione per cui, ispirandosi al nome, che a lui sembrava un po' comico, della cameriera portoghese dei suoi genitori, le aveva affibbiato il nomignolo, canzonatorio e malinconico a un tempo, di Immacolata, la Non-insozzata. Cosicché alla sua lettera reagì male (strano a dirsi, dopo vent'anni non aveva ancora digerito del tutto lo smacco subìto), e non rispose.

Lei fu disorientata da quel silenzio, e gli scrisse di nuovo, ricordandogli l'incredibile quantità di lettere d'amore che lui le aveva indirizzato. In una di esse la chiamava « uccello notturno che turba i miei sogni ». A Berck, che nel frattempo se l'era dimenticata, questa frase suonò intollerabilmente sciocca, e gli sembrò scortese che lei gliel'avesse rammentata. In seguito gli giunse voce che ogni qualvolta lui appariva in televisione quella donna che non era riuscito a macchiare ne approfittava per blaterare in qualche cena sull'amore innocente di quel famoso Berck che un tempo non riusciva a dormire perché lei turbava i suoi sogni. Si sentì nudo e indifeso. Per la prima volta in vita sua provò un intenso desiderio di anonimato.

Arrivò una terza lettera, in cui lei gli chiedeva un favore, non per sé ma per una sua vicina, una povera donna che era stata curata malissimo in un ospedale: aveva rischiato di morire a causa di un'anestesia sbagliata, e ora le veniva rifiutato qualsiasi risarcimento. Visto che Berck sapeva occuparsi così bene dei bambini africani, che dimostrasse di interessarsi anche alla piccola gente del suo paese, seppure questo non gli dava la possibilità di pavoneggiarsi alla televisione.

Dopodiché fu la vicina a scrivergli, facendo il nome di Immacolata: «... Si ricorderà di quella ragazza alla quale Lei scrisse che era la Sua vergine immacolata e turbava le Sue notti...». Possibile?! Possibile?! Correndo da un capo all'altro del suo appartamento, Berck urlò e sbraitò. Poi stracciò la lettera, ci sputò sopra e la gettò nella spazzatura.

Un giorno venne a sapere dal direttore di una rete televisiva che c'era una regista intenzionata a girare un documentario su di lui. Allora gli tornò in mente l'osservazione ironica sul suo desiderio di pavoneggiarsi alla televisione, e ne fu irritato: perché la regista in questione era proprio l'uccello notturno, Immacolata in persona! Una situazione incresciosa: in teoria, Berck riteneva eccellente la proposta di girare un documentario su di lui perché da sempre desiderava trasformare la sua vita in un'opera d'arte; ma fino a quel momento non lo aveva mai sfiorato l'idea che tale opera potesse appartenere al genere comico! Di fronte alla subitanea rivelazione di quel pericolo, decise di tenere Immacolata il più lontano possibile dalla sua vita e pregò il direttore (che rimase stupefatto da tanta modestia) di rimandare quel progetto, ancora prematuro per uno come lui, così giovane e così poco importante.

14

Questa storia me ne ricorda un'altra, che ho avuto la ventura di conoscere grazie alla biblioteca che copre interamente le pareti dell'appartamento di Goujard. Una volta che in sua presenza mi lamentavo del mio spleen, mi mostrò uno scaffale sul quale aveva scritto di suo pugno: «Capolavori di humour involontario», e con un sorriso pieno di malizia ne estrasse il libro che una giornalista parigina aveva scritto nel 1972 sul suo amore per Kissinger (suppongo vi ricordiate ancora il nome del più celebre uomo politico di quegli anni, consigliere del presidente Nixon e artefice della pace fra Stati Uniti e Vietnam).

Ed ecco la storia. La giornalista va a Washington per intervistare Kissinger, prima per conto di una rivista, poi per la televisione. Si incontrano parecchie volte, ma senza mai oltrepassare i limiti di un rapporto strettamente professionale: una o due cene per preparare la trasmissione, qualche visita nel suo ufficio della Casa Bianca e a casa sua, in un primo momento da sola, in seguito insieme alla troupe, ecc. A poco a poco Kissinger comincia a trovarla insopportabile. E poiché ha capito perfettamente che cosa sta succedendo, per tenerla a distanza le lancia messaggi eloquenti riguardo all'attrazione che il potere esercita sulle donne e al fatto che la sua funzione lo costringe a rinunciare a ogni specie di vita privata.

La giornalista riferisce con commovente sincerità di questi tentativi che Kissinger faceva per schermirsi, tentativi che per altro non scalfivano la sua incrollabile convinzione che il cielo li avesse destinati l'uno all'altra. Che lui si mostri cauto e diffidente non la stupisce: sa bene quali orribili donne abbia conosciuto prima di lei. E non ha dubbi: non appena si renderà conto di quanto lei lo ami, tutte le sue perplessità e le sue cautele verranno meno. Ah, è talmente certa della purezza del suo amore! È pronta a giurarlo: non si tratta assolutamente da parte sua di un'ossessione erotica. « Sessualmente non mi attraeva » scrive, e si affanna a ripetere (con una sorta di curioso sadismo materno) che lui si veste male, che non è bello e che in fatto di donne ha gusti deplorevoli. « Doveva essere un pessimo amante » sentenzia, pur continuando a proclamarsene innamorata. Lei ha due figli, lui pure; e allora programma, senza che lui ne sappia niente, una vacanza collettiva sulla Costa Azzurra, tutta contenta che i due piccoli Kissinger possano approfittarne per imparare il francese in modo piacevole.

Un giorno manda i suoi operatori a filmare l'appartamento di Kissinger e questi, ormai fuori di sé, li mette alla porta come una massa di importuni. Un'altra volta lui la convoca nel suo ufficio e le dice, con un tono incredibilmente severo e freddo, che non ha più intenzione di tollerare la maniera ambigua in cui lei si comporta nei suoi riguardi. Sulle prime la donna è al colmo della disperazione. Subito dopo, però, comincia a riflettere: è evidente che la si considera politicamente pericolosa e che Kissinger ha ricevuto dal controspionaggio l'ingiunzione di non vederla più; l'ufficio in cui si trovano è imbottito di microfoni, e lui lo sa: quelle frasi così inconcepibilmente crudeli non erano dunque rivolte a lei, ma agli invisibili poliziotti in ascolto. Lo guarda con un sorriso comprensivo e malinconico, e la scena le sembra irradiare una bellezza tragica (è l'aggettivo che usa in continuazione): nel momento stesso in cui lui è costretto a farle del male, i suoi occhi le parlano d'amore.

Goujard ride, ma io gli dico: la verità, del tutto ovvia, della situazione reale che traspare dietro le fantasie dell'innamorata è meno importante di quanto lui pensi, è soltanto una verità meschina, una verità terra terra, che impallidisce di fronte a un'altra, più alta e destinata a resistere al tempo: la verità del Libro. Perché fin dal primo incontro con il suo idolo il libro troneggiava invisibile là, sul tavolino che avevano davanti, ed era già allora lo scopo inconfessato e inconsapevole di tutta l'avventura. Il libro? E a che serviva? A delineare un ritratto di Kissinger? Macché: non aveva assolutamente nulla da dire su di lui! L'unica cosa che le stava a cuore era la sua verità su se stessa. Non desiderava Kissinger, e tanto meno il suo corpo (« doveva essere un pessimo amante »), desiderava allargare il suo io, farlo uscire dal cerchio angusto della sua esistenza, farlo rifulgere, trasformarlo in luce. Kissinger era per lei un destriero mitologico, un cavallo alato che il suo io aveva deciso di inforcare per il grande volo attraverso i cieli.

« Era una stupida » conclude seccamente Goujard facendosi beffe delle mie belle spiegazioni.

« Niente affatto, » gli dico « i testimoni confermano la sua intelligenza. Qui è in gioco qualcosa di diverso dalla stupidità. Il fatto è che lei aveva la certezza di essere un'eletta».

15

L'essere degli eletti è una nozione teologica, che significa: senza alcun merito, in virtù di un verdetto soprannaturale e di un libero volere, per non dire un capriccio, di Dio, si viene scelti per qualcosa di eccezionale e di straordinario. Da tale convinzione i santi hanno attinto la forza di sopportare i supplizi più atroci. Le nozioni teologiche si riflettono, come parodie di se stesse, nella trivialità delle nostre vite: tutti (chi più chi meno) soffriamo della meschinità della nostra banalissima vita, e tutti desideriamo sfuggirvi ed elevarci. Tutti (con più o meno convinzione) ci siamo illusi di esserne degni, di essere i prescelti, i predestinati a tale elevazione.

La certezza di essere degli eletti è presente, ad esempio, in qualsiasi rapporto d'amore, poiché l'amore è per definizione un dono non meritato; anzi, l'essere amati senza merito è la prova del vero amore. Se una donna mi dice: ti amo perché sei intelligente, perché sei onesto, perché mi fai dei regali, perché non corri dietro alle altre, perché lavi i piatti, ci rimango male; il suo amore mi sembra interessato. Quanto è più bello sentirsi dire: sono pazza di te sebbene tu non sia né intelligente né onesto, sebbene tu sia bugiardo, egoista e mascalzone!

Ancora in fasce, grazie alle cure materne che gli vengono prodigate senza alcun merito da parte sua e che reclama perciò con tanta più energia, l'uomo ha forse per la prima volta l'illusione di essere un eletto. Illusione della quale dovrebbe sbarazzarsi a mano a mano che viene istruito e capisce che tutto nella vita si paga. Ma quando lo capisce spesso è troppo tardi. L'avrete certamente vista, la bimba di dieci anni che, rimasta a corto di argomenti validi, per imporre alle amichette la propria volontà afferma ad alta voce con inspiegabile orgoglio: « È così perché lo dico io », oppure: « È così perché lo voglio io ». Quella bimba si sente un'eletta. Un giorno però le accadrà di dire: « È così perché lo voglio io », e tutti scoppieranno a ridere. Che cosa può mai fare, colui che si ritiene un eletto, per dimostrare di esserlo, per convincere se stesso e gli altri che non appartiene al volgo comune?

Ed è qui che gli viene in aiuto l'epoca fondata sull'invenzione della fotografia, con le sue star, i suoi ballerini, le sue celebrità: la loro immagine, proiettata su uno schermo immenso, è visibile a tutti da lontano, da tutti ammirata e a tutti inaccessibile. Con la sua maniacale adorazione per la gente famosa, colui che si ritiene un eletto manifesta pubblicamente la propria appartenenza alla sfera dello straordinario e al tempo stesso la propria distanza rispetto a quella dell'ordinario, il che significa poi, concretamente, rispetto ai vicini, ai colleghi, alle donne o agli uomini insieme ai quali è costretto (o costretta) a vivere.

Così la gente famosa è diventata un'istituzione di pubblica utilità, come gli impianti igienici, l'assistenza medica, le assicurazioni e gli ospedali psichiatrici. Ma a una condizione: quella di rimanere veramente inaccessibile. Chi volesse confermare la propria qualità di eletto mediante un rapporto diretto, personale con qualcuno di famoso rischierebbe di vedersi respinto come è accaduto all'innamorata di Kissinger. In linguaggio teologico tale ripulsa viene detta caduta. Ed è per questo che nel suo libro l'innamorata di Kissinger parla esplicitamente, e a ragione, di un amore *tragico*: perché una caduta – con buona pace di Goujard che se ne fa beffe – è per definizione tragica.

Fino al momento in cui non ha capito di essere innamorata di Berck, Immacolata aveva vissuto come la maggior parte delle donne: qualche matrimonio, qualche divorzio, qualche amante che le procurava una delusione costante e al tempo stesso pacata, quasi soave. L'ultimo di questi amanti ha una vera adorazione per lei, e Immacolata lo sopporta meglio degli altri non solo per via della sua sottomissione ma anche della sua utilità: di mestiere fa l'operatore, e le è stato di grande aiuto agli inizi della sua carriera televisiva. Ha qualche anno più di lei, ma ha l'aria di un eterno studente innamorato: ai suoi occhi lei è la più bella, la più intelligente e (soprattutto) la più sensibile di tutte le donne.

La sensibilità dell'amata gli appare come un paesaggio della pittura romantica tedesca, uno di quelli in cui si vede qua e là un albero incredibilmente contorto, e sopra un cielo remoto e azzurro, la dimora di Dio; ogni volta che entra in questo paesaggio, egli prova l'irresistibile impulso di mettersi in ginocchio e di rimanere là, come dinanzi a miracol divino.

16

A poco a poco la hall dell'albergo si riempie; ci sono molti entomologi francesi e anche qualcuno straniero; fra questi un ceco sulla sessantina che pare sia una personalità importante del nuovo regime, forse addirittura un ministro, o il presidente dell'Accademia delle Scienze, o almeno un ricercatore appartenente all'Accademia stessa. In ogni caso, non foss'altro dal punto di vista della pura e semplice curiosità, è il personaggio più interessante fra tutti quelli lì riuniti (poiché rappresenta, ora che il comunismo è sprofondato nella notte dei tempi, una nuova epoca della Storia); e tuttavia, in mezzo al cicaleccio generale, se ne sta, alto e goffo, completamente solo. Già da un po' i presenti si sono precipitati a stringergli la mano e a fargli qualche domanda; ma ogni volta la discussione si è esaurita molto prima di quanto avessero previsto e, dopo uno scambio di tre o quattro battute, non sapevano più cosa dirgli. Il fatto è che, in fin dei conti, non c'erano argomenti comuni. I francesi sono subito tornati ai loro problemi, lui ha cercato di seguirli, intervenendo ogni tanto con un: « Da noi invece... », ma poi, una volta capito che a nessuno interessava che cosa accadesse « da noi invece », si è allontanato, con un velo di malinconia sul volto, una malinconia né amara né cupa, ma lucida e pressoché condiscendente.

Mentre gli altri affollano chiassosamente la hall e il bar adiacente, lui entra nella sala vuota dove quattro lunghi tavoli, disposti a formare un quadrato, aspettano l'apertura del convegno. Accanto alla porta c'è un tavolino con l'elenco degli invitati e una giovane donna che sembra sola e derelitta quanto lui. Si china dunque verso di lei e le dice il proprio nome. La ragazza glielo fa ripetere due volte. Poi, non osando chiederglielo una terza volta, scorre l'elenco che ha davanti e cerca a caso un nome che corrisponda più o meno ai suoni che ha afferrato.

Pieno di paterna amabilità, lo scienziato ceco si china sull'elenco, trova il proprio nome e glielo indica col dito: CECHORIPSKY.

« Ah, il professor Sescioripì? ».

« Si pronuncia Ce-co-rjip-schi ».

« Mica facile! ».

« E del resto non l'hanno neppure scritto correttamente » dice lo scienziato. Prende la penna che è sul tavolo e aggiunge sopra la *c* e sopra la *r* due minuscoli segni che assomigliano a un accento circonflesso alla rovescia.

La segretaria guarda quei segni, poi guarda lo scienziato e sospira:

« Com'è complicato! ».

« Macché, è semplicissimo ».

« Semplice? ».

« Lei conosce Jan Hus? ».

La segretaria getta una rapida occhiata all'elenco degli invitati, e lo scienziato ceco si affretta a spiegare:

« Come lei sa, fu un grande riformatore della Chiesa. Un precursore di Lutero. Professore all'Università Carlo IV di Praga che, come lei sa, fu la prima università fondata nel Sacro Romano Impero. Ma quello che lei non sa è che Jan Hus fu anche un grande riformatore dell'ortografia. Riuscì a semplificarla in modo mirabile. Per scrivere quello che pronunciate come *c*, voi francesi avete bisogno di tre lettere: *t*, *c* e *h*. Ai tedeschi ne occorrono addirittura quattro: *t*, *s*, *c* e *h*. Mentre a noi, grazie a Jan Hus, basta una sola lettera, la *c*, con quel minuscolo segno sopra».

Lo scienziato si china ancora una volta sul tavolo della segretaria e, sul margine dell'elenco, scrive un'enorme *c* con sopra un accento circonflesso alla rovescia: *Č*; poi la guarda negli occhi e con voce chiara e distinta scandisce: «*C*!».

La segretaria lo guarda anche lei negli occhi e ripete: «*C*!».

«Sì. Perfetto».

«È veramente pratico. Peccato che la riforma di Lutero sia conosciuta soltanto da voi».

«La riforma di Jan Hus...» dice lo scienziato facendo mostra di non aver colto la gaffe della francese «... non è rimasta del tutto sconosciuta. C'è un altro paese in cui è stata adottata... Lo conosce, nevvero?».

«No».

«La Lituania!».

«La Lituania» ripete la segretaria, cercando invano nella sua memoria in quale angolo del mondo vada situato quel paese.

« E anche la Lettonia. Ora capisce perché noi cechi andiamo così fieri di questi minuscoli segni sopra le lettere ». Sorride: « Siamo pronti a qualunque tradimento. Ma per questi segni ci batteremo fino all'ultima goccia di sangue ».

Fa un inchino alla giovane donna e si dirige verso i tavoli. Davanti a ogni sedia c'è un cartoncino con un nome. Trova il suo, lo contempla lungamente, poi lo prende e, con un sorriso mesto ma indulgente, va a mostrarlo alla segretaria.

Nel frattempo un altro entomologo si è fermato davanti al tavolo all'ingresso per consentire alla giovane donna di mettere una croce accanto al suo nome. Lei vede lo scienziato ceco e gli dice: « Un attimino, professor Scipichì! ».

Questi fa un gesto magnanimo, come per dire: non si preoccupi, signorina, non ho fretta. Con un'aria paziente, e venata di una toccante modestia, egli aspetta accanto al tavolo (dove si sono intanto fermati altri due entomologi), e quando vede che la segretaria si è liberata le mostra il cartoncino:

« Guardi qui. Buffo, non le pare? ».

Lei guarda senza capirci granché: « Ma qui gli accenti ci sono, professor Scenipichì! ».

« Certo che ci sono, ma sono normali accenti circonflessi! Hanno dimenticato di rovesciarli! E guardi dove li hanno messi! Sopra la *e* e sopra la *o*! Cêchôripsky! ».

« È vero! Ha proprio ragione! » si indigna la segretaria.

« Mi chiedo » dice sempre più malinconico lo scienziato ceco « perché se li dimenticano sempre. Sono così poetici, questi accenti circonflessi alla rovescia! Lei non trova? Come uccelli in volo! Come colombe dalle ali spiegate! ». La voce si fa tenera: « O, se preferisce, come farfalle ».

E di nuovo si china sul tavolo, prende la penna e corregge sul cartoncino l'ortografia del proprio nome. Lo fa con aria profondamente modesta, come scusandosi, poi, senza dire una parola, se ne va.

La segretaria lo guarda allontanarsi, alto, curiosamente deforme, e di colpo si sente piena di affetto materno. Immagina un accento circonflesso alla rovescia che come una farfalla volteggi intorno allo scienziato e alla fine si posi sulla sua candida criniera.

Mentre va verso la propria sedia, lo scienziato si volta e vede il sorriso commosso della segretaria. Le rivolge a sua volta un sorriso, e strada facendo gliene indirizza altri tre. Sono sorrisi malinconici, eppure fieri. Una malinconica fierezza: è così che si potrebbe definire lo stato d'animo dello scienziato ceco.

17

Che fosse malinconico dopo aver visto gli accenti messi al posto sbagliato sul proprio nome, è facilmente comprensibile. Ma qual era il motivo della sua fierezza?

Eccovi i dati essenziali della sua biografia: un anno dopo l'invasione russa del 1968 egli fu cacciato dall'Istituto entomologico e costretto a lavorare come muratore fino alla fine dell'occupazione, vale a dire per circa vent'anni.

E con ciò? Non sono forse centinaia, migliaia, le persone che perdono quotidianamente il posto in America, in Francia, in Spagna, dovunque nel mondo? Essi ne soffrono, ma non ne traggono alcun motivo di fierezza. Perché dunque lo scienziato ceco è fiero e loro no?

Perché ha perso il lavoro non per motivi economici, bensì per motivi politici.

E sia. Resta però da spiegare per quale ragione la disgrazia causata da motivi economici sia meno grave o meno rispettabile. Un uomo licenziato per aver scontentato un superiore deve vergognarsene, mentre colui che ha perso il posto per le sue opinioni politiche ha il diritto di vantarsene? E perché mai?

Perché in un licenziamento economico il licenziato ha un ruolo passivo, e nel suo comportamento non vi è niente di coraggioso, niente che susciti ammirazione.

Sembra ovvio, e invece non lo è. Perché neanche lo scienziato ceco allontanato dal suo lavoro dopo il 1968, allorché l'armata russa aveva ormai instaurato nel paese un regime particolarmente odioso, è stato protagonista di un atto di coraggio. Era direttore di una sezione del suo istituto, e l'unica cosa che lo interessasse erano le mosche. Un giorno, all'improvviso, una decina di noti dissidenti irruppero nel suo ufficio e gli chiesero di mettere a loro disposizione una sala dove potessero tenere delle riunioni semiclandestine. Essi agirono dunque seguendo la regola del judo morale: cogliendolo cioè di sorpresa e costituendo loro stessi un ristretto pubblico di osservatori. Quello scontro inatteso gettò lo scienziato nel più assoluto imbarazzo. Dire di sì avrebbe immediatamente comportato tutta una serie di possibili conseguenze increscio-se: lui avrebbe corso il rischio di perdere il posto, e i suoi tre figli quello di essere espulsi dall'università. Ma per dire di no al ristretto pubblico che si faceva anticipatamente beffe della sua codardia non aveva abbastanza coraggio. Finì dunque per acconsentire, e provò disprezzo per se stesso, per la sua pavidità, per la sua debolezza, per la sua incapacità di opporre una qualsiasi resistenza. Insomma, per dire le cose come stanno, se in seguito venne estromesso dal lavoro e i suoi figli furono espulsi dall'università, fu a causa della sua vigliaccheria.

Ma se le cose stanno così, perché diavolo si sente fiero?

Il fatto è che con l'andar del tempo ha dimenticato la sua iniziale avversione per i dissidenti e si è abituato a considerare quel suo « sì » come un atto libero e volontario, come l'espressione della sua personale rivolta contro l'odiato regime. Sicché egli ora è convinto di essere fra coloro che hanno recitato sul grande palcoscenico della Storia, e da questa persuasione attinge la sua fierezza.

Ma non è forse vero che moltissime persone vengono quotidianamente coinvolte in un gran numero di conflitti politici e possono dunque sentirsi fiere di aver recitato sul grande palcoscenico della Storia?

È opportuno che chiarisca la mia tesi: la fierezza dello scienziato ceco è dovuta al fatto che egli non ha recitato sul palcoscenico della Storia in un momento qualsiasi, ma nell'esatto momento in cui tutti i riflettori erano accesi. Il palcoscenico della Storia illuminato dalla luce dei riflettori si chiama Attualità Storica Planetaria. Nel 1968 tutti i riflettori e le telecamere erano puntati su Praga, e di quella, che fu una Attualità Storica Planetaria per eccellenza, lo scienziato ceco è fiero di sentire ancora oggi il bacio sulla sua fronte.

Ma anche un grande trattato commerciale, o gli incontri al vertice dei grandi di questo mondo, sono eventi di scottante attualità, e anch'essi sono illuminati dai riflettori, filmati e commentati; perché dunque i loro protagonisti non provano lo stesso sentimento di commossa fierezza?

Faccio rapidamente un'ultima precisazione: lo scienziato ceco non era stato toccato dalla grazia di una qualsiasi Attualità Storica Planetaria, ma da quella che viene detta Sublime. L'Attualità è Sublime quando l'uomo soffre sul proscenio mentre dal fondo giunge l'eco degli scontri a fuoco e sopra di lui si libra l'Angelo della morte.

La formula definitiva è dunque la seguente: lo scienziato ceco è fiero di essere stato toccato dalla grazia di una Attualità Storica Planetaria Sublime. E sa bene che questa grazia lo distingue da tutti i norvegesi e i danesi, i francesi e gli inglesi presenti insieme a lui nella sala.

18

Al tavolo della presidenza c'è un posto al quale si alternano gli oratori; lui non li ascolta. Aspetta il suo turno, e di tanto in tanto si mette una mano in tasca, dove tiene le cinque cartelle del suo breve intervento – un intervento, ne è consapevole, alquanto modesto: essendo stato lontano dal lavoro scientifico per vent'anni, egli non ha potuto fare altro che riassumere quanto aveva già reso pubblico allorché, giovane ricercatore, aveva scoperto e descritto una ignota specie di mosche, da lui battezzata *Musca pragensis*. Finché, avendo udito il presidente articolare dei suoni che corrispondono senza alcun dubbio al suo nome, si alza e si dirige verso il posto riservato agli oratori.

In quei venti secondi, tanto dura il suo spostamento, gli accade qualcosa di totalmente inaspettato: soccombe all'emozione. Dio mio, dopo tutti quegli anni, eccolo di nuovo in mezzo a coloro che stima e che lo stimano, in mezzo agli scienziati suoi simili e nell'ambiente al quale il destino l'aveva strappato; quando arriva davanti alla sedia vuota che gli è destinata, non si siede: per una volta vuole obbedire ai suoi sentimenti, essere spontaneo e dire agli ignoti colleghi quello che prova.

« Perdonatemi, egregi signori e gentili signore, di farvi parte della mia emozione, alla quale non ero preparato e che mi sorprende. Dopo un'assenza di quasi vent'anni, posso nuovamente rivolgermi al consesso di coloro che riflettono sugli stessi problemi che mi stanno a cuore, che sono animati dalla stessa passione che vive in me. Vengo da un paese in cui un uomo, per il solo fatto di esprimere ad alta voce il suo pensiero, poteva essere privato di ciò che costituiva il senso stesso della sua vita, perché il senso della vita, per un uomo di scienza, non è nient'altro che la scienza. Come sapete, alcune decine di migliaia di uomini – tutta l'intellighenzia del mio paese – sono stati estromessi dai loro incarichi dopo l'estate tragica del 1968. Appena sei mesi fa, facevo ancora il muratore. No, non vi è in questo nulla di umiliante, si imparano molte cose, si conquista l'amicizia di persone semplici e meravigliose, e ci si rende conto, inoltre, che noi scienziati godiamo di un grande privilegio, perché fare un lavoro che è al tempo stesso una passione è un privilegio, sì, amici miei, il privilegio che i muratori miei compagni di lavoro non hanno mai avuto, perché trasportare una trave con passione è impossibile. Di questo privilegio, che per vent'anni mi è stato rifiutato, posso di nuovo godere – e ne sono come inebriato. Ecco perché, miei cari amici, questi momenti sono per me una vera festa, anche se in questa festa vi è un che di malinconico».

Nel pronunciare le ultime parole, lo scienziato ceco sente che gli occhi gli si riempiono di lacrime. Ha un attimo di imbarazzo, e gli torna alla mente l'immagine del padre, che da vecchio si commuoveva di continuo e piangeva per un nonnulla; ma subito pensa che per una volta può forse lasciarsi andare: quella gente dovrebbe sentirsi onorata dalla sua commozione, che le viene offerta come un piccolo regalo portato da Praga.

Non sbaglia. Anche il pubblico è commosso. Appena lui ha pronunciato l'ultima parola Berck si alza in piedi e applaude. E immediatamente la telecamera riprende il suo viso, le sue mani che applaudono, e poi riprende anche lo scienziato ceco. Tutti i presenti si sono, più o meno prontamente, alzati in piedi, chi con un sorriso e chi con un'espressione grave, tutti battono le mani, e ne sono così compiaciuti che non sanno quando smettere; lo scienziato ceco è in piedi davanti a loro, alto, troppo alto, goffamente alto, e quanto più la sua statura irradia goffaggine tanto più egli appare commovente e si sente commosso, sicché le lacrime non rimangono più discretamente annidate sotto le palpebre, ma scendono solennemente ai lati del naso verso la bocca, verso il mento, davanti a tutti i suoi colleghi, che a quel punto si mettono ad applaudirlo, se possibile, ancora più forte.

Finalmente l'ovazione si spegne, la gente si rimette a sedere e lo scienziato ceco dice con voce tremante: « Vi ringrazio, amici miei, vi ringrazio con tutto il cuore ». Fa un inchino e si avvia verso il suo posto. E sa di vivere il momento più grande della sua vita, il momento di gloria, sì, di gloria, perché nasconderlo, si sente alto e bello, si sente famoso e vorrebbe che quel percorso che lo separa dalla sua sedia non finisse mai.

19

Mentre lo scienziato ceco si dirigeva verso la sua sedia, nella sala regnava il silenzio. Anzi, forse sarebbe più esatto dire che regnavano *dei* silenzi. Lui non ne distingueva che uno solo: il silenzio commosso. Non si rendeva conto che a poco a poco, come un'impercettibile modulazione che fa passare una sonata da un tono a un altro, il silenzio commosso si era trasformato in silenzio imbarazzato. Tutti avevano capito che quel signore dal nome impronunciabile era a tal punto commosso da se stesso che aveva dimenticato di leggere l'intervento che avrebbe dovuto metterli al corrente delle sue scoperte sulla nuova mosca. E tutti sapevano che sarebbe stato scortese ricordarglielo. Dopo un lungo momento di esitazione, il presidente del convegno tossicchia e dice:

« Ringrazio il signor Cecoscipì... » e qui tace, per dare all'invitato un'ultima occasione di resipiscenza « ... e passo la parola al prossimo oratore ». In quel momento il silenzio è rotto da una risata, subito soffocata, proveniente dal fondo della sala.

Immerso com'è nei suoi pensieri, lo scienziato ceco non sente né la risata né l'intervento del collega. Altri oratori si susseguono, finché uno scienziato belga che come lui si occupa di mosche lo scuote dalla sua meditazione: cristo, si è dimenticato di leggere il suo intervento! Infila la mano in tasca: le cinque cartelle sono là a dimostrargli che non sta sognando.

Ha le gote in fiamme. Si sente ridicolo. Può salvare ancora qualcosa? No, sa benissimo che non può salvare proprio più niente.

Per qualche istante prova vergogna, poi una strana idea gli viene in soccorso: è vero che è ridicolo, ma in questo non c'è niente di negativo, niente di vergognoso o di offensivo; anzi, quel suo essere ridicolo rende ancora più profonda la malinconia intrinseca alla sua esistenza, e il suo destino ancora più triste, e pertanto ancora più grande e più bello.

No, la fierezza non abbandonerà mai la malinconia dello scienziato ceco.

20

Ogni riunione ha i suoi disertori, che generalmente si raccolgono in una sala attigua e si mettono a bere. Vincent, stanco di ascoltare gli entomologi e non abbastanza divertito dalla bizzarra esibizione dello scienziato ceco, si ritrova nella hall in compagnia di altri disertori, tutti seduti intorno a un lungo tavolo nei pressi del bar.

Per un bel po' sta zitto, poi riesce ad attaccare discorso con alcuni di quegli sconosciuti: « Ho un'amichetta che mi chiede di essere brutale ».

Quando la dice Pontevin, quella frase, subito dopo fa una piccola pausa, durante la quale su tutto l'uditorio cala un silenzio carico di attesa. Vincent cerca di fare la stessa pausa, e in effetti sente una risata, una grande risata, che prende per un incoraggiamento: ha gli occhi che brillano, e fa un gesto con la mano come per calmare il suo pubblico; ma proprio allora si rende conto che sono tutti voltati verso l'altro lato del tavolo, e assistono divertiti a un alterco fra due tizi che se ne dicono di tutti i colori.

Dopo uno o due minuti riesce di nuovo a inserirsi nella conversazione: « Vi stavo dicendo che la mia amichetta vuole che mi comporti con lei in modo brutale ». Questa volta lo ascoltano tutti e Vincent non commette l'errore di fare una pausa, anzi parla sempre più in fretta, come se volesse sfuggire a qualcuno che lo insegue per interromperlo: « Ma io non posso, capite, sono troppo raffinato », e sottolinea queste parole con una risata. Accorgendosi però che nessuno fa eco alla sua risata, si affretta a continuare e accelera ulteriormente il suo eloquio: « Spesso viene da me una dattilografa, alla quale detto... ».

« Scrive con il computer? » gli chiede un tizio, improvvisamente interessato.

« Sì » risponde Vincent.

« Che marca? ».

Vincent cita una marca. Il tizio ne possiede uno di una marca diversa e si mette a raccontare le sue traversie con questo computer, che ha preso l'abitudine di fargli nefandezze di ogni tipo. Tutti si divertono e più di una volta scoppiano a ridere.

E Vincent, tristemente, si ricorda di una sua vecchia idea: si è soliti pensare che il successo di un uomo dipenda dal suo aspetto, dalla bellezza o dalla bruttezza del viso, dalla statura, dal fatto che abbia i capelli o sia calvo. Errore. L'elemento decisivo è la voce. E quella di Vincent è flebile e troppo acuta; quando incomincia a parlare nessuno gli presta attenzione, così è costretto a forzare il tono e tutti hanno l'impressione che gridi. Pontevin, invece, parla in modo assolutamente pacato, e la sua voce grave risuona, gradevole, bella, possente, tanto che i presenti hanno orecchie solo per lui.

Un bel tipo, quel Pontevin. Aveva promesso di accompagnarlo al convegno insieme a tutto il gruppo del Café Gascon, poi, fedele alla sua indole portata più per i discorsi che per le azioni, si era completamente disinteressato della cosa. E Vincent, se da una parte era deluso, si sentiva dall'altra ancora più impegnato a non contravvenire all'ingiunzione del maestro, il quale la sera prima della sua partenza gli aveva detto: « Ci rappresenterai tutti. Ti conferisco pieni poteri di agire in nostro nome, per la nostra causa comune ». Si era trattato, ovviamente, di un'ingiunzione da burla, ma il gruppo del Café Gascon era convinto che in un mondo futile come il nostro solo le ingiunzioni da burla meritano obbedienza. Nel ricordo, accanto al viso arguto di Pontevin, Vincent vede il faccione di Machu che si allarga in un ampio sorriso di approvazione. Sostenuto da quel messaggio e da quel sorriso, decide dunque di agire: si guarda intorno e fra le persone sedute al bar vede una ragazza che subito gli piace.

21

Gli entomologi sono una strana razza di cafoni: ignorano completamente la ragazza, che pure compie lodevoli sforzi per mostrarsi attenta ai loro discorsi, è pronta a ridere al momento giusto e ad essere seria quando l'atmosfera lo richiede. A quanto pare non conosce nessuno degli uomini presenti e dietro le sue reazioni volenterose, che nessuno sembra notare, si nasconde un'animuccia spaurita. Vincent si alza dal tavolo dov'è seduto, si avvicina al gruppo in cui si trova la ragazza e attacca discorso con lei. Ben presto si isolano dagli altri e si perdono in una di quelle conversazioni che sin dal primo momento si annunciano facili e interminabili. Lei si chiama Julie, fa la dattilografa, e ha eseguito un piccolo lavoro per il presidente della Società di Entomologia; avendo il pomeriggio libero, ha approfittato dell'occasione per passare la serata in quel famoso castello, in mezzo a personaggi che la intimidiscono, certo, ma al tempo stesso risvegliano la sua curiosità, poiché fino a ieri non aveva mai visto degli entomologi. Vincent si sente a suo agio con lei: non è costretto ad alzare la voce, anzi parla piano per non farsi sentire dagli altri. A un certo punto la guida verso un tavolino appartato dove possono sedersi vicini, e mette una mano sopra quella di lei.

« Sai, » le dice « dipende tutto dalla potenza della voce. È più importante che avere un viso attraente ».

« Tu hai una bella voce ».

« Davvero? ».

« Sì, davvero ».

« Ma debole ».

« È proprio questo a renderla gradevole. Io ho una brutta voce, stridula, gracchiante... Sembro una vecchia cornacchia, non trovi? ».

« No, » dice Vincent con una vaga tenerezza « mi piace la tua voce, è provocante, impertinente ».

« Dici sul serio? ».

« La tua voce è come te! » dice Vincent in tono affettuoso. « Anche tu sei impertinente e provocante ».

E Julie, a cui piace sentirsi dire quel che le sta dicendo Vincent: « Sì, credo che sia così ».

« Quelli sono una massa di stronzi » dice Vincent.

Lei non può che essere d'accordo: « Assolutamente ».

« Borghesi con la puzza al naso. Hai visto Berck? Che imbecille! ».

Ancora una volta lei è d'accordo. Si sono comportati con lei come se fosse invisibile, e qualunque cosa lui dica contro di loro non può che farle piacere, si sente vendicata. Trova Vincent sempre più simpatico, è anche un bel ragazzo, semplice e allegro, e non ha affatto la puzza al naso.

« Avrei voglia » dice Vincent « di piantare un gran casino qui dentro... ».

Una frase che suona bene: come una promessa di marachelle. Julie sorride, e vorrebbe applaudire.

« Vado a prenderti un whisky! » fa lui, e si avvia verso il bar, all'altro capo della hall.

22

Nel frattempo il presidente chiude il convegno, i partecipanti lasciano rumorosamente la sala e vanno ad affollare la hall. Berck si avvicina allo scienziato ceco: « Sono stato molto commosso dal suo... » fa una pausa, per sottolineare quanto sia difficile trovare un termine abbastanza delicato per qualificare il tipo di discorso da lui pronunciato «... dalla sua... testimonianza. Noi tutti siamo inclini a dimenticare troppo in fretta. Vorrei assicurarle che quanto accadeva nel suo paese mi toccava profondamente. Voi siete stati la fierezza dell'Europa, di un'Europa che ha ben pochi motivi per essere fiera».

Lo scienziato ceco accenna un gesto di protesta come a dichiarare la sua modestia.

«No, non protesti,» continua Berck «ci tengo a dirlo. Voi, proprio voi, gli intellettuali del suo paese, con la vostra ostinata resistenza all'oppressione comunista, avete dimostrato quel coraggio che tanto spesso a noi manca, avete dimostrato una tale sete di libertà, direi anzi un tale ardimento di libertà, da diventare per noi un esempio luminoso. Del resto,» aggiunge per dare alle proprie parole un tono confidenziale, un'impronta di connivenza «Budapest è una città stupenda, piena di vita e, mi consenta di dirlo, totalmente europea».

«Lei intende dire Praga?» azzarda timidamente lo scienziato ceco.

Ah, maledetta geografia! Berck ha capito di aver commesso un errore veniale e, dominando la propria irritazione di fronte alla mancanza di tatto dell'interlocutore, riprende: «Ma naturalmente intendo dire Praga! Ma intendo dire anche Cracovia, Sofia, San

Pietroburgo; penso a tutte le città dell'Est che sono appena uscite da un immenso campo di concentramento».

«Non dica così. Molti di noi hanno perso il lavoro, ma non ci mettevano in campi di concentramento».

«Tutti i paesi dell'Est erano disseminati di campi di concentramento, amico caro! Poco importa che fossero campi reali o simbolici!».

«E non dica "dell'Est"» continua a obiettare lo scienziato ceco. «Praga, come lei sa, è una città non meno occidentale di Parigi. L'Università Carlo IV, fondata nel Trecento, fu la prima università del Sacro Romano Impero. Vi insegnava, come lei ben sa, Jan Hus, il precursore di Lutero, grande riformatore della Chiesa e dell'ortografia».

Che diavolo gli prende, allo scienziato ceco? Continua a correggere il suo interlocutore, che ormai è furibondo, sebbene riesca ancora a dare alla propria voce un tono cordiale:

«Caro collega, non deve vergognarsi di venire da un paese dell'Est. La Francia ha la più grande simpatia per i paesi dell'Est. Pensi solo a tutti gli immigrati giunti qui dal suo paese nell'Ottocento!».

«Ma nel mio paese non c'è stata emigrazione nell'Ottocento».

« E Mickiewicz? Io sono orgoglioso che abbia trovato in Francia una seconda patria! ».

« Ma Mickiewicz non era... » obietta di nuovo lo scienziato ceco.

È in quel momento che entra in scena Immacolata; fa dei gesti energici verso l'operatore, poi con un movimento perentorio della mano scosta lo scienziato ceco, si piazza lei stessa accanto a Berck e lo apostrofa: « Jacques-Alain Berck... ».

L'operatore si risistema la telecamera sulla spalla: « Un attimo! ».

Immacolata si interrompe, guarda l'operatore, poi di nuovo si rivolge a Berck: « Jacques-Alain Berck... ».

23

Allorché, un'ora fa, Berck ha visto Immacolata e il suo operatore nella sala del convegno, è stato sul punto di urlare dalla rabbia. Adesso però l'irritazione provocata dallo scienziato ceco ha finito per prevalere su quella provocata da Immacolata; le è anzi grato di averlo sbarazzato di quell'esotico pedante e le rivolge persino un vago sorriso.

Sentendosi incoraggiata, lei parla con un tono allegro e ostentatamente confidenziale:

«Jacques-Alain Berck, in questa riunione di entomologi alla cui famiglia si trova ad appartenere per una coincidenza del destino, lei ha vissuto poco fa momenti di intensa emozione... », e così dicendo gli spinge il microfono verso la bocca.

Berck risponde come uno scolaretto: « Sì, abbiamo avuto l'opportunità di accogliere fra noi un grande entomologo ceco il quale, anziché dedicarsi al suo mestiere, ha dovuto passare tutta la vita in prigione. La sua presenza ci ha profondamente commossi ».

Fare il ballerino non è solo una passione, è anche una strada da cui non ci si può più allontanare; quando Duberques lo ha umiliato alla fine del pranzo con i malati di AIDS, Berck non è andato in Somalia per eccesso di vanità, ma perché si sentiva tenuto a rimediare a un passo di danza sbagliato. In questo momento avverte l'insulsaggine delle frasi che pronuncia, sa che manca qualcosa, un pizzico di sale, un'idea inaspettata, una sorpresa. Invece di fermarsi continua dunque a parlare finché non vede profilarsi in lontananza un'ispirazione migliore: « E approfitto dell'occasione per annunciare la mia proposta che venga fondata un'Associazione entomologica franco-ceca ». Sorpreso lui stesso da questa idea, si sente subito molto meglio. « Ne stavo giusto parlando con il collega di Praga, » fa un gesto vago in direzione dello scienziato ceco « che si è dichiarato felice all'idea di dare lustro a questa Associazione conferendole il nome di un grande poeta esule del secolo scorso, che simboleggerà per sempre l'amicizia fra i nostri due popoli: Mickiewicz, Adam Mickiewicz. La vita di questo poeta sarà per noi un monito, e sempre ci ricorderà che tutto quanto facciamo – si tratti di scienza o di poesia – è una forma di ribellione ». La parola « ribellione » lo ha rimesso definitivamente in forma. « Perché l'uomo è sempre un ribelle, » adesso è veramente bello, e sa di esserlo « non è vero, amico mio? ». Si volta verso lo scienziato ceco, il quale immediatamente viene inquadrato dalla telecamera e china la testa come ad assentire. « E lei stesso lo ha dimostrato con la sua vita, con i suoi sacrifici, le sue sofferenze, sì, lei può confermarlo, un uomo che sia degno di tale nome si ribella sempre, si ribella all'oppressione, e se non c'è più oppressione... » qui fa una lunga pausa, lunga ed efficace come solo Pontevin sa farne di uguali; poi riprende con voce grave « ... si ribella alla condizione umana che non abbiamo scelto noi ».

Ribellarsi alla condizione umana che non abbiamo scelto noi. L'ultima frase, un capolavoro di improvvisazione, è stata una sorpresa anche per lui; la frase, del resto, è bella davvero, e di colpo lo trasporta lontanissimo dagli sproloqui dei politici e lo mette in comunione con gli spiriti magni del suo paese: una frase del genere avrebbe potuto scriverla Camus, o anche Malraux, o Sartre.

Immacolata, felice, fa un cenno all'operatore e la telecamera si spegne.

A questo punto lo scienziato ceco si avvicina a Berck e gli dice: « È stato bello, davvero, molto bello, ma mi consenta di dirle che Mickiewicz non era... ».

Dopo le sue esibizioni pubbliche Berck è sempre su di giri; con una voce ferma, beffarda e stentorea, interrompe lo scienziato ceco: « Caro collega, so quanto lei che Mickiewicz non era un entomologo. Capita del resto assai di rado che i poeti siano entomologi. Ma nonostante questo handicap, essi sono l'orgoglio di tutta l'umanità, della quale, se lei permette, fanno parte anche gli entomologi, lei incluso ».

Scoppia allora, come un vapore a lungo compresso, una grande risata liberatoria: dal momento in cui hanno capito che quel signore commosso dalle proprie parole si era dimenticato di leggere il suo intervento, infatti, gli entomologi hanno tutti voglia di ridere. La frase impertinente di Berck li ha finalmente liberati dei loro scrupoli e sghignazzano tutti senza nascondere la propria felicità.

Lo scienziato ceco è interdetto: dov'è andato a finire il rispetto che i suoi pari gli hanno manifestato solo dieci minuti fa? Com'è possibile che ridano, che si permettano di ridere? Si può davvero passare così facilmente dall'adorazione al disprezzo? (Ma sì, mio caro, sì che si può). La simpatia è dunque una cosa tanto fragile, tanto precaria? (Ma certo, mio caro, certo che lo è).

In quello stesso momento Immacolata si avvicina a Berck. Parla a voce alta e come se fosse un po' alticcia: « Berck, Berck, sei magnifico! Sei proprio tu sputato! Adoro la tua ironia! D'altronde io stessa ne ho fatto le spese! Ti ricordi quando eravamo al liceo? Berck, Berck, ti ricordi che mi avevi soprannominata Immacolata? L'uccello notturno che ti impediva di dormire! Che turbava i tuoi sogni! Dobbiamo assolutamente fare un film insieme, un documentario su di te. Devi promettermi che io sola avrò il diritto di farlo ».

La risata con la quale gli entomologi lo hanno ricompensato della batosta che ha dato allo scienziato ceco risuona ancora nella testa di Berck e gli dà un senso di ebbrezza; in momenti come questo un immenso autocompiacimento lo travolge, rendendolo capace di gesti sinceri fino alla temerarietà, cosa che spesso quasi lo spaventa. Perdoniamogli quindi sin d'ora ciò che adesso farà. Prende Immacolata per un braccio, la trascina in disparte al fine di mettersi al riparo da orecchie indiscrete e a voce bassissima le dice: « Va' a farti fottere, vecchia mignotta, tu e le tue vicine di casa malate, va' a farti fottere, uccellaccio notturno, spaventapasseri notturno, incubo notturno, testimonianza della mia idiozia, monumento alla mia stupidità, immondizia dei miei ricordi, orina puzzolente della mia giovinezza... ».

Lei lo ascolta, e non vuole credere di star davvero sentendo quello che sta sentendo. Pensa che quelle parole orribili siano rivolte a qualcun altro, per confondere le tracce, per ingannare i presenti, pensa che quelle parole siano un trucco per lei incomprensibile; e quindi, con aria mite e candida, gli chiede: « Perché mi dici queste cose? Perché? Come devo prenderle? ».

« Devi prenderle per quello che sono! Alla lettera! Assolutamente alla lettera! Mignotta come mignotta, rompicoglioni come rompicoglioni, incubo come incubo, orina come orina! ».

24

Durante tutto questo tempo, dal bar nei pressi della hall Vincent ha osservato il bersaglio del suo disprezzo. Poiché la scena si svolgeva a una decina di metri da lui, non ha capito nulla della conversazione. Una cosa, però, gli sembrava chiara: Berck appariva ai suoi occhi esattamente come Pontevin l'aveva sempre descritto, come un pagliaccio da mass media, un guitto, un gigione, un ballerino. E certamente si doveva solo alla sua presenza se una troupe televisiva si era degnata di occuparsi degli entomologi! Vincent lo ha osservato attentamente, studiandone la tecnica: il suo modo di non staccare mai gli occhi dalla telecamera, la sua abilità nel mettersi sempre davanti agli altri, l'eleganza del gesto che fa con la mano per attirare l'attenzione su di sé. Nel momento in cui Berck prende Immacolata per il braccio, Vincent non ne può più ed esplode: « Ma guardatelo, la sola cosa che gli interessi è quella tizia della tivù! Non ha mica preso per il braccio il collega straniero, lui se ne frega dei colleghi, soprattutto se sono stranieri, la televisione è il suo unico dio, e anche la sua unica amante, l'unica concubina, perché scommetto che non ne ha altre, scommetto che è uno senza palle, e che nell'universo intero non ce n'è un altro come lui! ».

Potrà sembrare strano, ma questa volta la sua voce, per quanto flebile e poco gradevole, viene distintamente percepita. Vi è infatti una circostanza in cui sentiamo benissimo anche la più flebile delle voci: è quando la voce in questione enuncia idee che ci irritano. Vincent sviluppa le sue riflessioni, è spiritoso, incisivo, parla dei ballerini e del patto che hanno stretto con l'Angelo e, sempre più compiaciuto della propria eloquenza, si inerpica sulle iperboli come ci si inerpica su per i gradini di una scalinata che conduce al cielo. Un giovanotto con gli occhiali, in giacca e panciotto, lo ascolta e osserva pazientemente, come una belva in agguato. Poi, quando Vincent ha dato fondo alla sua eloquenza, dice:

« Mio caro signore, nessuno di noi può scegliere in quale epoca nascere. E tutti viviamo sotto l'occhio delle telecamere. È una cosa che ormai fa parte della condizione umana. Anche quando facciamo la guerra la facciamo sotto l'occhio delle telecamere. E quando vogliamo protestare contro qualcosa, qualunque cosa, senza le telecamere non riusciamo a farci sentire. Siamo tutti ballerini, come dice lei. Anzi, le dirò di più: o siamo ballerini o siamo disertori. Lei, caro signore, sembra rammaricarsi che il tempo avanzi. Torni indietro, allora! Le andrebbe bene il dodicesimo secolo? Ma una volta lì, protesterebbe contro le cattedrali, giudicandole una barbarie moderna! Torni ancora più indietro, allora! Torni in mezzo alle scimmie! Lì non si sentirà minacciato da alcuna modernità, si sentirà a casa sua, nell'incontaminato paradiso dei macachi! ».

Non vi è niente di più umiliante del non riuscire a trovare una risposta sferzante a un attacco sferzante. E Vincent, imbarazzato oltre ogni dire, sommerso dalle risate beffarde dei presenti, batte vigliaccamente in ritirata. Dopo un minuto di costernazione, si ricorda che Julie lo sta aspettando; beve tutto d'un fiato il bicchiere di whisky che ha tenuto in mano finora, poi lo posa sul banco del bar e ne prende altri due, uno per sé e uno per Julie.

25

L'immagine del tizio col panciotto gli è rimasta conficcata nell'anima come una scheggia, e non riesce a liberarsene; il che è tanto più fastidioso in quanto sta cercando di sedurre una donna: come sedurla, infatti, se tutti i suoi pensieri sono concentrati su quella scheggia che gli fa male?

Lei si accorge del suo cattivo umore: « Dove sei stato tutto questo tempo? Pensavo che non saresti più tornato. Che avessi deciso di mollarmi ».

Vincent capisce di non esserle indifferente, e questo attenua un poco il dolore che gli provoca la scheggia. Ricomincia a fare il seduttore, ma lei rimane sulle sue:

« Non raccontarmi storie. Improvvisamente sei cambiato. Hai incontrato qualcuno che conosci? ».

« Ma no, ma no » dice Vincent.

« Ma sì, ma sì. Hai incontrato una donna. E ti prego, se vuoi andare con lei, va' pure. Mezz'ora fa non ti conoscevo nemmeno e posso benissimo continuare a non conoscerti ».

È sempre più triste, Julie, e per un uomo non vi è balsamo più efficace della tristezza da lui stesso causata a una donna.

« Ma no, credimi, non c'è nessuna donna. C'era un rompicoglioni, un emerito cretino con il quale ho avuto una discussione. Tutto qui, ti assicuro », e le accarezza la guancia con tanta sincerità e tenerezza che i sospetti di lei svaniscono.

« Fatto sta che sei completamente diverso, Vincent ».

« Vieni » fa lui, e la invita ad accompagnarlo al bar. Vuole strapparsi la scheggia dall'anima con un torrente di whisky. L'elegantone col panciotto è ancora lì, insieme ad altre persone. Non ci sono donne con lui, e questo riconforta Vincent: perché accanto a lui c'è Julie, che gli sembra ogni momento più carina. Ordina ancora due whisky, gliene porge uno, beve rapidamente il suo, poi si china verso di lei: « Guarda, è quello là, quel cretino col panciotto e gli occhiali ».

« Quello? Ma Vincent, è una nullità, una nullità assoluta! Come puoi preoccuparti di lui? ».

« Hai ragione. È un malchiavato. È un anticazzo. È un senzapalle » dice Vincent, e gli sembra che la presenza di Julie lo allontani dalla sua sconfitta, perché la vera vittoria, la sola che abbia valore, è la conquista di una donna rimorchiata a tempo di record nell'ambiente lugubremente anerotico degli entomologi.

« Una nullità, una nullità, te lo assicuro » ripete Julie.

« Hai ragione, » dice Vincent « se continuo a occuparmi di lui divento cretino come lui » e lì, accanto al bar, davanti a tutti, la bacia sulla bocca.

Fu il loro primo bacio.

Poi escono nel parco, passeggiano, si fermano e si baciano di nuovo. Trovano una panchina in mezzo al prato e si siedono. Si ode in lontananza il mormorio del fiume. Sono turbati, e non sanno perché; io lo so: quello che sentono è il fiume di Madame de T., il fiume delle sue notti d'amore; dal pozzo del tempo il secolo dei piaceri manda a Vincent un saluto discreto.

E lui, come se lo cogliesse: « Un tempo, nei castelli come questo, si facevano delle orge. Nel Settecento, sai. Sade. Il Marchese de Sade. *La filosofia nel boudoir*. Lo hai letto? ».

« No ».

« Devi leggerlo assolutamente. Te lo presterò. È una conversazione fra due uomini e due donne nel bel mezzo di un'orgia ».

« Sì » dice lei.

« Sono tutti e quattro nudi, e fanno l'amore, tutti insieme ».

« Sì ».

« Ti piacerebbe, vero? ».

« Non so » dice lei. Ma più che un rifiuto, c'è in quel « non so » la commovente sincerità di una modestia esemplare.

Non è così facile strappar via una scheggia. Si può dominare il dolore, rimuoverlo, fingere di non pensarci più, ma simulare è faticoso. Se Vincent si accalora tanto parlando di Sade e delle sue orge, più che per corrompere Julie lo fa per cercare di dimenticare l'affronto che ha dovuto subire dall'elegantone col panciotto.

« Ma sì che lo sai » dice, e di nuovo la stringe a sé e la bacia. « Lo sai benissimo che ti piacerebbe ». E vorrebbe citarle frasi, descriverle situazioni di quel fantastico libro intitolato *La filosofia nel boudoir*.

Poi si alzano e continuano la passeggiata. Appare la grande luna, uscendo dall'intrico del fogliame. Vincent guarda Julie, e tutt'a un tratto si sente stregato: quella luce bianca conferisce alla giovane donna la bellezza di una fata, una bellezza che lo sorprende, una bellezza nuova di cui finora non si era accorto – bellezza fine, fragile, casta, inaccessibile. E di colpo, senza neppure rendersi conto di come sia accaduto, si immagina il suo buco del culo. Improvvisamente, inopinatamente, ha questa immagine davanti agli occhi e non può più sbarazzarsene.

Ah, quel liberatorio buco del culo! Grazie ad esso l'elegantone col panciotto (finalmente, finalmente!) si è dileguato una volta per tutte. Quel che non sono riusciti a fare tre whisky, l'ha saputo fare in un solo secondo un buco di culo! Vincent abbraccia Julie, la bacia, le palpa il seno, contempla la sua delicata bellezza di fata e contemporaneamente non smette un attimo di immaginare il suo buco del culo. Ha una voglia tremenda di dirle: « Ti tocco il seno, ma penso solamente al tuo buco del culo ». Ma non può, la parola non gli esce dalla bocca. Più pensa al buco del culo di Julie e più lei è bianca, trasparente e angelica, di modo che gli risulta impossibile pronunciare quella frase ad alta voce.

26

Vera dorme e io, in piedi davanti alla finestra aperta, guardo due persone che passeggiano nel parco del castello in una notte di luna.

A un tratto sento il respiro di Vera farsi affannoso; mi giro verso il suo letto e capisco che da un momento all'altro si metterà a urlare. Da quando la conosco non ha mai avuto incubi! Che cosa succede in questo castello?

La sveglio e lei mi guarda, con gli occhi sgranati e pieni di spavento. Poi racconta, concitatamente, come in un attacco di febbre: « Mi trovavo in un lunghissimo corridoio di questo albergo. All'improvviso, vedo da lontano un uomo che corre verso di me. Quando è a una decina di metri, si mette a gridare. E figurati che parla in ceco! Dice frasi senza capo né coda: "Mickiewicz non è ceco! Mickiewicz è polacco!". Poi si avvicina con aria minacciosa, ormai è a pochi passi da me – e a questo punto mi hai svegliata ».

« Perdonami, » le dico « sei vittima delle mie elucubrazioni ».

« Come sarebbe a dire? ».

« È come se i tuoi sogni fossero una pattumiera in cui getto le pagine troppo stupide ».

« Che cosa stai inventando? Un romanzo? » chiede lei, angosciata.

Io chino la testa.

« Mi hai detto tante volte che un giorno avresti scritto un romanzo in cui non ci sarebbe stata una sola parola seria. Una Grande Idiozia Per il Tuo Solo Piacere. Ho paura che quel giorno sia venuto. Ti avverto però: sta' attento ».

Io chino la testa ancora di più.

« Ti ricordi che cosa ti diceva tua madre? La sento come fosse ieri: "Milanku, smettila con i tuoi scherzi. Nessuno capirà. Offenderai tutti e tutti finiranno per non poterti più vedere". Ti ricordi? ».

« Sì » dico io.

« Ti avverto. La serietà ti proteggeva. La mancanza di serietà ti lascerà nudo davanti ai lupi. E tu lo sai che i lupi sono là ad aspettarti ».

Dopo questa terribile profezia, si è riaddormentata.

27

Pressappoco in quello stesso momento lo scienziato ceco è tornato nella sua stanza, depresso e con l'animo esulcerato. Ha ancora nelle orecchie le risate con cui sono stati accolti i sarcasmi di Berck. Ed è tuttora interdetto: si può davvero passare con tanta leggerezza dall'ammirazione al disprezzo?

E in effetti, mi chiedo, dov'è finito il bacio che l'Attualità Storica Planetaria Sublime ha posato sulla sua fronte?

È proprio qui che sbagliano i cortigiani dell'Attualità. Non sanno che le situazioni messe in scena dalla Storia rimangono sotto le luci dei riflettori solo per i primi minuti. Non c'è evento che sia attuale per l'intera sua durata, tutti lo sono per un tempo brevissimo, e soltanto all'inizio. I bambini somali moribondi che migliaia di spettatori guardavano avidamente hanno forse smesso di morire? Che ne è stato di loro? Sono ingrassati o dimagriti? Esiste ancora la Somalia? E, dopo tutto, è mai esistita? E se non fosse altro che il nome di un miraggio?

Il modo in cui viene raccontata la storia contemporanea è simile a un grande concerto durante il quale venissero eseguite tutte di seguito le centotrentotto opere di Beethoven suonando però solo le prime otto battute di ciascuna. Se fra dieci anni si desse lo stesso concerto si suonerebbe, di ogni pezzo, solo la prima nota, dunque in tutto centotrentotto note, eseguite come un'unica melodia. E fra vent'anni tutta la musica di Beethoven si riassumerebbe in una sola, lunghissima nota acuta, simile a quella, interminabile e altissima, che il musicista ha udito il giorno in cui è diventato sordo.

Lo scienziato ceco è immerso nella sua malinconia, e a un tratto, come a consolarlo, un pensiero gli attraversa la mente: dell'epoca eroica in cui lavorava come muratore (epoca che tutti hanno voglia di dimenticare) egli serba un ricordo concreto e tangibile: un'ottima muscolatura. E il suo volto si distende in un lieve sorriso di soddisfazione, poiché è sicuro che nessuno di quelli che erano là stasera ha muscoli uguali ai suoi.

Potete anche non credermi, ma questa idea, apparentemente ridicola, gli dà un autentico sollievo. Si toglie la giacca e si stende sul pavimento a pancia in giù. Poi si solleva sulle braccia. Ripete lo stesso movimento ventisei volte, ed è contento di sé. Si rammenta dei tempi in cui, insieme agli altri muratori, dopo il lavoro andava a fare il bagno in una specie di laghetto dietro il cantiere. A dire il vero, in quel periodo era mille volte più felice di quanto non lo sia oggi in questo castello. Gli operai lo chiamavano Einstein e gli volevano bene.

E gli viene l'idea, frivola (è una frivolezza di cui si rende conto e addirittura si compiace), di andare a fare il bagno nella bella piscina dell'albergo. In un impeto di vanità gioiosa e del tutto consapevole, decide di mostrare il proprio corpo ai rachitici intellettuali di questo paese sofisticato, ipercolto e tutto sommato perfido. Fortunatamente, ha messo in valigia il costume da bagno (se lo porta sempre dietro); lo infila e si guarda, seminudo, allo specchio. Piega le braccia e i bicipiti gli si gonfiano in modo magnifico. « Se qualcuno volesse negare il mio passato, ecco qua una prova inconfutabile: i miei muscoli! ». Immagina il proprio corpo che passeggia attorno alla piscina, mostrando ai francesi che esiste un valore assolutamente elementare, la perfezione fisica, quella perfezione di cui lui può vantarsi e di cui loro non hanno la più pallida idea. Poi pensa che sarebbe sconveniente andare in giro seminudo per i corridoi dell'albergo e si infila una canottiera. Resta il problema dei piedi. Lasciarli nudi gli sembra altrettanto disdicevole che portare le scarpe con il costume da bagno; decide allora di tenere solo i calzini. In questa tenuta si guarda ancora una volta allo specchio. Di nuovo alla melanconia si mescola la fierezza, e di nuovo si sente sicuro di sé.

28

Il buco del culo. Si può chiamarlo in un altro modo – per esempio, come Guillaume Apollinaire, la nona porta del corpo. Della sua poesia sulle nove porte del corpo della donna esistono due versioni: la prima Apollinaire la inviò alla sua amante Lou in una lettera scritta in trincea l'11 maggio 1915; la seconda la inviò dallo stesso luogo a un'altra amante, Madeleine, il 21 settembre dello stesso anno. Le due poesie, belle entrambe, sono diverse per ideazione ma hanno identica struttura: ogni strofa è dedicata a una delle porte del corpo dell'amata: un occhio, l'altro occhio, un orecchio, l'altro orecchio, la narice destra, la narice sinistra, la bocca, poi, nella poesia per Lou, « la porta delle tue natiche », e infine la nona porta, la vulva. Ma nella seconda poesia, quella per Madeleine, interviene alla fine un curioso scambio di porte. La vulva viene retrocessa all'ottavo posto e il buco del culo, che si apre «fra due montagne perlacee», diventa la nona porta: « più misteriosa ancora delle altre », porta « di sortilegi che neanche si osa nominare» – «porta suprema».

Penso a quei quattro mesi e dieci giorni che separano le due poesie, quattro mesi che Apollinaire ha trascorso in trincea, immerso in intense fantasticherie erotiche che l'hanno portato a questo cambiamento di prospettiva, a questa rivelazione: è il buco del culo il punto in cui si concentra miracolosamente tutta l'energia nucleare della nudità. La porta della vulva è importante, certo (certo: e chi oserebbe negarlo?), ma troppo ufficialmente importante; luogo registrato, classificato, controllato, commentato, esaminato, sperimentato, sorvegliato, cantato, celebrato. La vulva: rumoroso crocevia in cui si incontra la garrula umanità, tunnel attraverso il quale passano le generazioni. Solo gli stolti si lasciano convincere dell'intimità di questo luogo, il più pubblico di tutti. L'unico luogo veramente intimo, il tabù davanti al quale arretrano persino i film pornografici, è il buco del culo, la porta suprema: suprema perché la più misteriosa, la più segreta.

A questa sapienza, che è costata ad Apollinaire quattro mesi sotto un firmamento di granate, Vincent è pervenuto nel corso di una sola passeggiata con Julie resa diafana dal chiaro di luna.

29

Quando c'è un'unica cosa di cui si può parlare e al tempo stesso non si è in grado di parlarne, la situazione si presenta difficile: l'impronunciabile buco del culo resta sulle labbra di Vincent come un bavaglio che lo rende muto. Guarda il cielo come se da quello potesse venirgli un aiuto. E il cielo lo esaudisce, inviandogli l'ispirazione poetica: « Guarda! » esclama Vincent indicando la luna. « È come un buco di culo spalancato in mezzo al cielo! ».

Si volta a guardare Julie. Lei, trasparente e tenera, sorride e dice: « Sì », perché da più di un'ora è pronta ad ammirare qualunque sua asserzione.

Ma quel « sì » lo lascia insoddisfatto. Julie gli appare casta come una fata, e lui vorrebbe sentirle dire: « il buco del culo ». Ha voglia di vedere la sua bocca di fata pronunciare quelle parole – oh, quanto ne ha voglia! Vorrebbe dirle: ripeti con me, il buco del culo, il buco del culo, il buco del culo, ma non osa. E invece, preso nella trappola della propria eloquenza, si impantana sempre di più nella metafora: « Il buco del culo, dal quale esce una pallida luce che riempie di sé le viscere dell'universo! ». E indica la luna con un gesto della mano: « Avanti, dunque, nel buco del culo dell'infinito! ».

Non posso fare a meno di commentare brevemente questa improvvisazione di Vincent: esplicitando la sua ossessione per il buco del culo, egli pensa di mettere in pratica la sua predilezione per il Settecento, per Sade e per tutta la brigata dei libertini; eppure, come se le forze non gli bastassero per portare questa ossessione fino alle sue estreme conseguenze, ecco venirgli in aiuto, dal secolo successivo, un altro retaggio, di segno diverso se non addirittura opposto; in altre parole, Vincent è in grado di parlare delle sue belle ossessioni libertine soltanto liricizzandole – trasformandole cioè in metafore. In tal modo sacrifica il libertinaggio alla poesia. E trasferisce il buco del culo dal corpo di una donna al cielo.

Ah, che increscioso, che spiacevole spostamento! Mi secca dover seguire Vincent su questa strada: Vincent che continua a dibattersi, invischiato nella sua metafora come una mosca nella colla, e che adesso esclama: « Il buco del culo del cielo, come l'occhio di una telecamera divina! ».

A questo punto, quasi prendesse atto che le evoluzioni poetiche di Vincent si stanno esaurendo, Julie le interrompe e gli indica le luci della hall dietro le vetrate: « Sono andati a dormire quasi tutti ».

Tornano dentro: in effetti, sono pochi quelli che indugiano ancora ai tavoli. L'elegantone col panciotto non c'è più. Eppure, la sua assenza glielo rammenta con una tale forza che Vincent ne risente la voce, gelida e cattiva, accompagnata dallo scoppio di risa dei colleghi. E di nuovo arrossisce: come ha potuto rimanere lì, davanti a lui, smarrito e senza parole come un idiota? Si sforza di scacciarne l'immagine, ma non ci riesce, e risente quelle frasi: « ... tutti viviamo sotto l'occhio delle telecamere. È una cosa che ormai fa parte della condizione umana... ».

Si dimentica completamente di Julie, e si sofferma stupefatto su queste due frasi; buffo, no?, il ragionamento del tizio col panciotto è quasi identico all'obiezione che poco tempo fa lui stesso ha mosso a Pontevin: « Se vuoi intervenire in un conflitto pubblico, attirare l'attenzione su un'ingiustizia, come puoi, in un'epoca come la nostra, non essere o non sembrare un ballerino? ».

È forse per questo che Vincent è rimasto così disorientato dalle parole del tizio col panciotto? Le sue argomentazioni erano dunque troppo simili a quelle da lui stesso formulate perché Vincent potesse attaccarle? Siamo davvero tutti nella stessa trappola, in un mondo che da un giorno all'altro, inaspettatamente, si è trasformato sotto i nostri piedi in un palcoscenico senza vie d'uscita? Non c'è dunque nessuna differenza fra quello che pensa

Vincent e quello che pensa il tizio col panciotto?

Ah, no, questa è un'idea insopportabile! Vincent disprezza Berck, disprezza il tizio col panciotto, e il suo disprezzo precede qualunque giudizio. Si sforza cocciutamente di capire che cosa lo distingua da loro, e finalmente gli risulta chiarissimo: loro, poiché non sono altro che miserabili lacchè, si compiacciono della condizione umana così come viene loro imposta: sono ballerini e felici di esserlo. Lui invece, pur sapendo che non ci sono vie d'uscita, proclama a gran voce il proprio dissenso con il mondo. Allora gli viene in mente la risposta che avrebbe potuto gettare in faccia al tizio col panciotto: « Se vivere davanti alle telecamere è diventata la nostra condizione, a questa condizione io mi ribello. Non l'ho scelta io! ». Eccola, la risposta! Si china verso Julie e senza la minima spiegazione le dice: « La sola cosa che ci resta è ribellarci alla condizione umana che non abbiamo scelto noi! ».

Ormai assuefatta alle uscite incongrue di Vincent, Julie trova quest'ultima geniale e risponde in tono battagliero: « Certo! ». E, come se il verbo « ribellarsi » l'avesse riempita di una gioiosa energia, dice: « Andiamo nella tua stanza ».

Di colpo, il tizio col panciotto è nuovamente scomparso dalla mente di Vincent, che guarda Julie, sbalordito dalle sue parole.

Anche lei è sbalordita. Accanto al bar ci sono ancora alcune delle persone con cui si trovava prima che Vincent le rivolgesse la parola; si comportavano tutti come se lei non esistesse neppure, e Julie si era sentita umiliata. Adesso li guarda, regale, invulnerabile. Non la impressionano più. Ha davanti a sé una notte d'amore, e ce l'ha grazie alla sua volontà, grazie al suo coraggio; si sente ricca, fortunata, e più forte di loro.

« Sono tutti degli anticazzo » sussurra all'orecchio di Vincent. Quell'espressione l'ha sentita da Vincent, e gliela ripete perché sia chiaro che è pronta a darsi a lui, che gli appartiene.

Ed è come se gli avesse messo in mano una bomba di euforia. Ora Vincent potrebbe andarsene in compagnia della bella titolare del buco del culo direttamente nella sua stanza, e invece, come obbedendo a un ordine proferito da lontano, si sente in dovere di piantare anzitutto un gran casino. È trascinato in un vortice di ebbrezza nel quale si mescolano l'immagine del buco del culo, l'imminenza dell'amplesso, la voce beffarda del tizio col panciotto e la sagoma di Pontevin che, sorta di Trockij chiuso nel suo bunker parigino, dirige un grande parapiglia, un grande, incasinatissimo ammutinamento generale.

« Adesso ci facciamo il bagno » annuncia a Julie, e scende di corsa la scala che conduce alla piscina: la quale adesso è vuota, e vista dall'alto fa pensare a un palcoscenico. Vincent si sbottona la camicia. Julie lo raggiunge correndo. « Adesso ci facciamo il bagno » ripete lui, e si toglie i pantaloni. « Spogliati! ».

30

Il terribile discorso che Berck ha rivolto a Immacolata è stato pronunciato a voce bassa, sibilante, e i presenti non hanno potuto cogliere la vera natura del dramma che si stava svolgendo sotto i loro occhi. Immacolata è riuscita a far finta di niente; quando Berck l'ha lasciata, si è diretta verso le scale, le ha salite, e solo nel momento in cui si è trovata da sola, nel corridoio deserto su cui si aprono le camere, si è resa conto di reggersi a stento sulle gambe.

Dopo una mezz'ora l'operatore, ignaro di quanto è accaduto, è entrato nella stanza che divide con lei e l'ha trovata stesa sul letto a pancia in giù.

« Che cosa hai? Ti senti male? ».

Lei non risponde.

Lui si siede accanto a lei e le mette una mano sulla testa. Lei la scuote come se l'avesse toccata un serpente.

« Ma che cosa hai? ».

E ripete la stessa domanda parecchie volte, finché lei gli dice: « Per favore, va' a sciacquarti la bocca, non sopporto l'alito cattivo ».

Lui non aveva l'alito cattivo, era come sempre scrupolosamente pulito e odoroso di sapone, dunque sapeva che lei mentiva; e tuttavia si alza e va docilmente in bagno a fare quello che gli è stato ordinato.

Non è un caso che Immacolata abbia pensato all'alito cattivo: a suggerirle questa perfidia è stato un ricordo recente e immediatamente rimosso, quello dell'alito cattivo di Berck. Nel momento in cui, annichilita, ascoltava i suoi insulti, non era in condizione di occuparsi del suo fiato, ed è stato un osservatore nascosto dentro di lei a registrare in vece sua quell'odore nauseabondo; lo stesso osservatore ha anche aggiunto questa riflessione lucidamente concreta: l'uomo a cui puzza il fiato è un uomo che non ha amanti; qualunque donna rifiuterebbe di accettare una cosa simile; troverebbe il modo di fargli capire che gli puzza il fiato e lo costringerebbe a porvi rimedio. Sotto il bombardamento di insulti, Immacolata ascoltava quella riflessione silenziosa, che le sembrava piena di giubilo e di speranza perché significava che, malgrado i fantasmi di belle donne che Berck lascia accortamente aleggiare intorno a sé, egli è da tempo indifferente alle avventure galanti, e il posto nel letto accanto a lui è libero.

Mentre si sciacquava la bocca, l'operatore, uomo pratico non meno che romantico, ha deciso che c'è un solo modo per migliorare l'umore pestifero della sua compagna: fare l'amore con lei il più presto possibile. Cosicché in bagno si infila il pigiama e, con passo malcerto, torna a sedersi accanto a lei sul bordo del letto.

Non avendo più il coraggio di toccarla, ripete ancora una volta: « Ma che cosa hai? ».

E lei, con implacabile presenza di spirito, risponde: « Se tutto quello che sei capace di dirmi è questa frase imbecille, temo ci sia poco da aspettarsi da una conversazione con te ».

Poi si alza e va verso l'armadio, lo apre e rimane in contemplazione dei pochi vestiti che ha portato con sé: quei vestiti la attirano, risvegliando in lei il desiderio vago quanto imperioso di non lasciarsi buttar fuori dalla scena, di riattraversare i luoghi della sua umiliazione, di non rassegnarsi alla sconfitta; e, se sconfitta ci dev'essere, di trasformarla in un grande spettacolo nel quale farà rifulgere la sua bellezza ferita e ostenterà il suo orgoglio ribelle.

« Che stai facendo? Dove vuoi andare? » dice lui.

« Non ha importanza. Quel che m'importa è non restare qui con te ».

« Ma si può sapere che cosa hai? ».

Immacolata guarda i vestiti e osserva: « E sei! », e vi prego di notare che i suoi calcoli sono esatti.

« Sei stata bravissima » le dice l'operatore, risoluto a ignorare il cattivo umore di lei. « Abbiamo fatto bene a venire qui. La trasmissione su Berck ce l'abbiamo in tasca. Ho ordinato una bottiglia di champagne ».

« Puoi bere quello che ti pare con chi ti pare ».

« Ma insomma, che cosa hai? ».

« E sette. Io con te ho chiuso. Per sempre. Ne ho abbastanza dell'odore che ti esce dalla bocca. Tu sei il mio incubo. Il mio brutto sogno. Il mio fallimento. La mia vergogna. La mia umiliazione. Il mio disgusto. Bisogna che te lo dica. Brutalmente. Senza prolungare oltre questo strazio. Senza prolungare oltre questo incubo. Senza prolungare oltre questa storia ormai del tutto priva di senso ».

In piedi davanti all'armadio aperto, dando le spalle all'operatore, parla, calma e pacata, a voce bassa, sibilante. Poi comincia a spogliarsi.

31

È la prima volta che si spoglia davanti a lui con una così totale mancanza di pudore, con una così ostentata indifferenza. Spogliarsi in questo modo significa: la tua presenza qui, davanti a me, non ha nessuna, ma proprio nessuna importanza; la tua presenza è come quella di un cane o di un topo. Il tuo sguardo non metterà in moto neanche la più piccola particella del mio corpo. Potrei fare qualsiasi cosa davanti a te, anche gli atti più sconvenienti, potrei vomitare davanti a te, lavarmi le orecchie o il sesso, masturbarmi, pisciare. Tu sei un non-occhio, un non-orecchio, una non-faccia. La mia superba indifferenza è un mantello che mi consente di muovermi davanti a te con assoluta libertà e con assoluta impudicizia.

L'operatore vede il corpo dell'amante trasformarsi completamente sotto i suoi occhi: quel corpo che finora si dava a lui con semplicità e prontezza, gli si erge davanti come una statua greca su un piedistallo alto cento metri. La desidera pazzamente, ed è uno strano desiderio il suo, un desiderio che non è sensuale, ma lo prende alla testa e soltanto alla testa, un desiderio che è fascinazione cerebrale, idea fissa, follia mistica – la certezza che questo corpo, questo e nessun altro, è destinato a riempirgli la vita, tutta la vita.

Lei sente questa fascinazione, questa devozione che le si attacca addosso, e una vampata di freddezza le sale alla testa. Ne è sorpresa lei stessa, poiché non ha mai avvertito una vampata simile. È una vampata di freddezza così come ci sono vampate di passione, di calore o di collera. Perché questa freddezza è una vera e propria passione: come se la devozione assoluta dell'operatore e il rifiuto assoluto di Berck fossero le due facce di una maledizione alla quale lei si ribella; come se il rifiuto di Berck volesse ributtarla fra le braccia del suo solito amante e non ci fosse altro modo di difendersi da quel rifiuto che provare per quell'amante un odio assoluto. Per questo lo respinge con tanta rabbia e desidera trasformarlo in topo, e questo topo in ragno, e questo ragno in una mosca divorata da un altro ragno.

Ecco: si è messa un abito bianco, è decisa a scendere e a mostrarsi a Berck e a tutti gli altri. È felice di essersi portata un abito bianco, il colore nuziale, perché ha l'impressione che quello sia un giorno di nozze, nozze alla rovescia, nozze tragiche in cui manca lo sposo. Sotto il suo abito bianco porta la ferita di un'ingiustizia, e quell'ingiustizia la rende più alta, più bella, come la sventura rende belli i personaggi delle tragedie. Si avvia verso la porta, ben sapendo che l'altro, in pigiama, le verrà dietro come un cane adorante, e proprio così vuole che attraversino il castello: coppia tragigrottesca, una regina seguita da un cane bastardo.

32

Ma colui che lei ha relegato allo stato canino la sorprende. È in piedi davanti alla porta e ha un'espressione furibonda. La sua volontà di sottomissione si è improvvisamente esaurita, e lo anima ora il disperato desiderio di opporsi a quella beltà che lo umilia ingiustamente. Non ha il coraggio di darle uno schiaffo, di picchiarla, di gettarla sul letto e violentarla, ma proprio per questo avverte con più forza il bisogno di fare qualcosa di irreparabile, di infinitamente volgare e aggressivo.

Lei è costretta a fermarsi sulla soglia.

« Lasciami passare ».

« No, non ti lascio passare ».

« Tu per me non esisti più ».

« Come sarebbe a dire non esisto più? ».

« Io non ti conosco ».

Lui ha una risatina nervosa: « Non mi conosci? ». Alza la voce: « Ma se ancora stamattina abbiamo scopato! ».

« Ti proibisco di parlarmi così! Di usare queste parole! ».

« Sono quelle che mi hai detto stamattina, mi hai detto scopami, scopami, scopami! ».

« Era quando ti amavo ancora, » dice lei lievemente imbarazzata « ma adesso queste parole sono soltanto volgari ».

Lui grida: « Eppure abbiamo scopato! ».

« Ti proibisco! ».

« Anche stanotte abbiamo scopato, scopato, scopato! ».

« Smettila! ».

« Perché puoi sopportare il mio corpo la mattina e la sera cambi idea? ».

« Lo sai che detesto la volgarità! ».

« Me ne fotto di quello che detesti! Sei una mignotta! ».

Ah, non avrebbe dovuto pronunciare quella parola, la stessa che Berck le ha gettato in faccia. Lei grida: « La volgarità mi ripugna e tu mi ripugni! ».

E anche lui grida: « Allora hai scopato con uno che ti ripugna! Ma la donna che scopa con uno che le ripugna è proprio questo: una mignotta, una mignotta, una mignotta! ».

Le parole dell'uomo sono sempre più volgari, e sul viso di Immacolata appare un'espressione di paura.

Di paura? Ma ha davvero paura di lui? Non credo: in fondo sa bene che non bisogna dare eccessiva importanza a quella alzata di testa; e continua a non aver dubbi sulla sottomissione dell'uomo. Sa che se la insulta è perché vuole essere ascoltato, guardato, preso in considerazione. La insulta perché è un debole, e la sua unica forza sono la volgarità e le parole aggressive. Se lo amasse anche soltanto un poco, proverebbe tenerezza di fronte a quella esplosione di disperata impotenza. Ma anziché tenerezza prova una voglia sfrenata di farlo soffrire. E proprio per questo decide di prendere le sue parole alla lettera, di credere ai suoi insulti, di averne paura. E per questo fissa su di lui uno sguardo che vuol sembrare spaventato.

Lui vede la paura sul viso di Immacolata e si sente incoraggiato: di solito è sempre lui quello che ha paura, che cede, che chiede scusa, e adesso, siccome le ha mostrato la sua forza, la sua rabbia, è lei a spaventarsi. Certo ormai che sia sul punto di confessare la sua debolezza e di capitolare davanti a lui, alza la voce e continua a sciorinare le sue idiozie aggressive e impotenti. Poveraccio, non sa che sta facendo ancora e sempre il gioco di lei, non sa che lei continua a manovrarlo come un oggetto anche nel momento in cui pensa di aver trovato nella propria collera forza e libertà.

Lei gli dice: « Mi fai paura. Sei odioso, sei violento », e l'altro non sa, poveraccio, che quell'accusa non verrà mai più revocata e che lui, autentico zerbino di bontà e di sottomissione, diventerà così, una volta per tutte, un violento e un aggressore.

« Mi fai paura » dice lei ancora una volta, e lo spinge da parte per poter uscire.

Lui la lascia passare e la segue come un cane bastardo segue una regina.

33

La nudità. Conservo un ritaglio del « Nouvel Observateur » dell'ottobre 1993; è un sondaggio: hanno inviato a milleduecento persone che si dichiaravano di sinistra un elenco di duecentodieci parole, e loro dovevano sottolineare quelle di cui subivano il fascino, quelle a cui erano sensibili, che trovavano attraenti e simpatiche; qualche anno prima era stato fatto lo stesso sondaggio: a quell'epoca, fra le stesse duecentodieci parole, ce n'erano diciotto sulle quali le persone di sinistra si erano trovate d'accordo, confermando così l'esistenza di un comune sentire. Oggi le parole amate si sono ridotte a tre. Solo tre parole su cui la sinistra può trovarsi d'accordo? Che tracollo! Che declino! E quali sono queste tre parole? Sentite qua: ribellione, rosso, nudità. Ribellione e rosso sono un'ovvietà. Ma che al di là di queste due parole l'unica a far battere il cuore della gente di sinistra sia la nudità, che l'unico patrimonio simbolico comune sia ormai la nudità, è stupefacente. È questo dunque il solo retaggio di duecento magnifici anni di storia, solennemente inaugurati dalla Rivoluzione francese, è questo il retaggio di Robespierre, di Danton, di Jaurès, di Rosa Luxemburg, di Lenin, di Gramsci, di Aragon, di Che Guevara? La nudità? Il ventre nudo, i coglioni nudi, le chiappe nude? È questo l'ultimo vessillo all'ombra del quale gli estremi drappelli della sinistra simulano ancora la loro grande marcia attraverso i secoli?

Ma perché proprio la nudità? Che cosa significa per le persone di sinistra questa parola che hanno sottolineato nell'elenco inviato loro da un istituto di sondaggi?

Mi ricordo un corteo di giovani estremisti di sinistra che negli anni Settanta, in Germania, per manifestare la loro collera contro qualcosa (non so più se una centrale nucleare, o una guerra, o il potere del denaro), si spogliarono e marciarono, nudi e urlanti, per le strade di una grande città tedesca.

Che cosa doveva esprimere la loro nudità?

Ipotesi numero uno: rappresentava ai loro occhi la più cara di tutte le libertà, il più minacciato di tutti i valori. I giovani estremisti tedeschi attraversavano la città mostrando i genitali come i cristiani perseguitati andavano al martirio portando sulle spalle una croce di legno.

Ipotesi numero due: i giovani estremisti tedeschi non volevano inalberare il simbolo di un valore, ma semplicemente scandalizzare un pubblico che detestavano. Scandalizzarlo, spaventarlo e indignarlo. Bombardarlo di merda di elefante. Scaricargli addosso tutte le fogne dell'universo.

Strano dilemma: la nudità è il simbolo del più grande di tutti i valori o è la più grande immondizia, da lanciare come una bomba di escrementi sulla turba dei nemici?

E che cosa rappresenta per Vincent, che ripete a Julie: « Spogliati », e aggiunge: « Facciamo un grande happening sotto gli occhi di questi malchiavati! »?

E che cosa rappresenta per Julie, che docilmente, e persino con una certa sollecitudine, dice: « Perché no? », e si sbottona il vestito?

34

È nudo. La cosa lo stupisce un po', e ride, ma più che a Julie quella sua risatina tossicchiante è rivolta a se stesso, giacché trovarsi nudo a quel modo in un grande spazio circondato di vetrate gli sembra così insolito che l'unica cosa a cui riesca a pensare è la stranezza della situazione. La ragazza si è già tolta il reggiseno, poi le mutandine, ma è come se Vincent non la vedesse: si limita a constatare che è nuda, senza sapere com'è quando è nuda. Vi ricordate? Solo pochi secondi prima era ossessionato dall'immagine del suo buco del culo – e adesso che quel buco si è liberato dalla seta delle mutandine, ci pensa ancora? No. Il buco del culo è svanito dalla sua testa. Invece di guardare attentamente il corpo che si è denudato davanti a lui, invece di accostarsi ad esso, di percepirlo lentamente, di toccarlo magari, si volta dall'altra parte e si tuffa.

Strano ragazzo questo Vincent. Attacca violentemente i ballerini, vaneggia intorno alla luna, e in fondo è uno sportivo. Si tuffa in acqua e nuota. Di colpo dimentica la propria nudità, dimentica la nudità di Julie, e pensa soltanto al suo crawl. Dietro di lui Julie, che non è capace di tuffarsi, scende prudentemente la scaletta. E Vincent neanche si volta a guardarla! Peggio per lui: perché è carina,

Julie, veramente carina. Il suo corpo è come illuminato, e non dal pudore, ma da una luce altrettanto bella: quella di un'impacciata, solitaria intimità. Vincent infatti ha la testa sott'acqua e lei è sicura che nessuno la guardi; l'acqua le sale fino all'altezza del pube e le sembra fredda, vorrebbe immergersi ma non ne ha il coraggio. Si ferma ed esita; poi scende, sempre prudentemente, un altro gradino, cosicché adesso l'acqua le arriva all'ombelico; si bagna una mano e poi si accarezza il seno per raffreddarlo. È davvero bello guardarla. Il candido Vincent nemmeno se lo immagina, ma io vedo finalmente una nudità che non rappresenta niente, né libertà né immondizia, una nudità spoglia di qualunque significato, nudità denudata, in sé e per sé, pura, e capace di stregare un uomo.

Alla fine si mette a nuotare. È molto meno veloce di Vincent, e nuota goffamente con la testa fuori dall'acqua; Vincent ha già fatto tre volte i quindici metri della vasca quando lei si avvicina alla scaletta per uscire. Lui si affretta a seguirla. Sono sul bordo della piscina allorché da sopra, dalla hall, giunge loro un rumore di voci.

Spronato dalla vicinanza di quegli invisibili sconosciuti, Vincent si mette a gridare: «Adesso ti sodomizzo!», e con una smorfia faunesca si avventa su di lei.

Com'è possibile che nell'intimità della loro passeggiata non abbia osato sussurrarle neppure una sola, piccola oscenità, e adesso che qualcuno può sentirlo si metta a urlare simili spropositi?

È proprio perché si è impercettibilmente lasciato alle spalle la zona dell'intimità. La parola pronunciata in un piccolo spazio chiuso ha un significato diverso da quello che la stessa parola assume quando risuona in un anfiteatro. Non è più una parola di cui egli sia interamente responsabile, destinata esclusivamente alla donna che è con lui, è una parola che gli altri vogliono sentire, quegli altri che stanno a guardarli. Certo, l'anfiteatro è vuoto, ma ciò non toglie che il pubblico, un pubblico immaginato e immaginario, potenziale e virtuale, sia lì, insieme a loro.

Ci si può chiedere da chi sia composto tale pubblico; io non credo che Vincent stia pensando alle persone incontrate al convegno; no, il pubblico che lo circonda in questo momento è numeroso, insistente, esigente, agitato, curioso, ma al tempo stesso non identificabile, popolato di facce dai contorni indefiniti; ciò significa forse che il pubblico immaginato da Vincent è quello a cui anelano i ballerini? Il pubblico degli invisibili? Quello su cui Pontevin costruisce le sue teorie? Il mondo intero? Un infinito senza facce? Un'astrazione?

Non esattamente: dietro quell'anonimo tumulto si intravedono in effetti alcune facce concrete: quelle di Pontevin e di altri amici, che osservano divertiti tutta la scena, che osservano Vincent, Julie e anche il pubblico di sconosciuti che li circonda. È per loro che Vincent grida quelle parole, per suscitare la loro ammirazione e la loro approvazione.

« No che non mi sodomizzerai! » grida Julie, la quale non sa nulla di Pontevin, ma pronuncia anche lei questa frase per quelli che, pur non essendoci, potrebbero esserci. Aspira alla loro ammirazione? Sì, ma soltanto per piacere a Vincent. Vuole essere applaudita da un pubblico sconosciuto e invisibile per essere amata dall'uomo con cui ha scelto di passare la notte e, chissà, molte altre notti ancora. Corre intorno alla piscina e i suoi seni oscillano allegramente da una parte all'altra.

Le parole di Vincent si fanno sempre più audaci, e solo il loro carattere metaforico ne attenua lievemente la robusta volgarità.

« Ti infilzerò col mio cazzo e ti inchioderò al muro! ».

« No che non mi inchioderai! ».

« Resterai crocifissa sul soffitto della piscina! ».

« No che non resterò crocifissa! ».

« Ti sfonderò il buco del culo davanti all'universo intero! ».

« No che non me lo sfonderai! ».
« Lo vedranno tutti il tuo buco del culo! ».
« Non lo vedrà nessuno il mio buco del culo! » grida Julie.
In quel momento sentono di nuovo delle voci, e la loro vicinanza sembra appesantire il passo di Julie, intimarle di fermarsi: la sua voce si fa stridula, come quella di una donna che sta per essere violentata. Vincent l'acchiappa e cade a terra insieme a lei. Julie lo guarda, a occhi spalancati, aspettando una penetrazione alla quale ha deciso di non opporre resistenza. Apre le gambe. Chiude gli occhi. Volta la testa leggermente di lato.

35

Non vi è alcuna penetrazione. Non vi è perché il membro di Vincent è piccolo come una fragolina di bosco appassita, come il ditale d'argento di una bisnonna.
Ma perché è così piccolo?
Rivolgo la domanda direttamente al membro di Vincent, e questo, con sincero stupore, risponde: « E perché non dovrei essere piccolo? Non mi è sembrato il caso di crescere! Mi creda, è un'idea che non mi ha neppure sfiorato! Non ero stato avvertito. D'accordo

con Vincent ho seguito questa strana corsa attorno alla piscina, impaziente di vedere come andava a finire! Mi sono divertito un sacco! E adesso lei accusa Vincent di impotenza! Ma la prego! Mi sentirei terribilmente in colpa, e non sarebbe giusto, perché noi due viviamo in perfetta armonia e, glielo assicuro, senza mai deluderci l'un l'altro. Sono sempre stato fiero di lui e lui di me! ».

Il membro dice la verità. E del resto Vincent non è poi così offeso per il suo comportamento. Se il suo membro agisse in questo modo nell'intimità di casa sua non glielo perdonerebbe mai. Ma qui egli è pronto a giudicare ragionevole e direi anche piuttosto decente la sua reazione. Decide dunque di prendere le cose per quello che sono e si mette a simulare l'amplesso.

Anche Julie non è né offesa né frustrata. Sentire i movimenti di Vincent sopra il suo corpo e non sentirsi niente dentro le pare sì strano, ma tutto sommato accettabile, e incomincia a muoversi rispondendo con i propri ai movimenti dell'amante.

Le voci che hanno sentito un momento fa si sono allontanate, ma ora un nuovo rumore echeggia nello spazio sonoro della piscina: è qualcuno che passa correndo vicinissimo a loro.

Vincent si mette ad ansimare più in fretta e più forte; grugnisce e sbraita, mentre Julie geme e singhiozza, un po' perché il corpo bagnato di Vincent, ricadendole continuamente addosso, le fa male, e un po' anche per rispondere ai suoi ruggiti.

36

Avendoli visti solo all'ultimo momento, lo scienziato ceco non ha potuto evitarli. Ma fa come se non ci fossero e si sforza di guardare da un'altra parte. Ha una gran fifa: non conosce ancora bene la vita in Occidente. Nell'impero del comunismo fare l'amore sui bordi di una piscina era impossibile, come del resto molte altre cose che dovrà ora imparare pazientemente. È già arrivato dalla parte opposta della piscina e gli viene voglia di girarsi a dare anche solo una rapida occhiata alla coppia copulante; perché una curiosità vorrebbe proprio togliersela: l'uomo che copula è in buone condizioni fisiche? Che cosa è più utile per tenersi in forma: l'amore o il lavoro manuale? Ma si domina, perché non vuole passare per un guardone.

Si ferma sul lato opposto della piscina e comincia a fare degli esercizi: prima corre in surplace alzando bene le ginocchia; poi si mette sulle mani con i piedi in aria: sin da piccolo riesce a mantenere questa posizione che i ginnasti chiamano « appoggio rovesciato », e ancora oggi lo fa con altrettanta bravura; gli sorge un interrogativo: quanti sono i grandi scienziati francesi capaci di farlo come lui? E quanti i ministri? Nella sua mente sfilano tutti i ministri francesi che conosce di nome e per averli visti in fotografia: cerca di immaginarseli in quella posizione, in equilibrio sulle mani, e si sente soddisfatto, perché li vede deboli e maldestri. Dopo essere riuscito a eseguire per sette volte l'appoggio rovesciato, si stende a pancia in giù e comincia a sollevarsi sulle braccia.

37

Né Julie né Vincent fanno caso a quanto accade intorno a loro. Non sono esibizionisti, non cercano di eccitarsi mediante lo sguardo altrui, né di cogliere quello sguardo, né di osservare l'altro che li osserva; non stanno facendo un'orgia, ma uno spettacolo, e gli attori, nel corso di una rappresentazione, non desiderano incontrare lo sguardo degli spettatori. Julie, ancor più di Vincent, fa di tutto per non vedere, ma lo sguardo che si è appena posato sul suo viso è troppo pesante perché lei possa ignorarlo.

Alza gli occhi e la vede: la donna porta un magnifico abito bianco e la osserva fissamente; ha uno sguardo strano, remoto, eppure pesante, terribilmente pesante; pesante come la disperazione, pesante come un e-adesso-cosa-faccio?, e Julie, sotto quel peso, si sente paralizzata. I suoi movimenti rallentano, appassiscono, poi cessano del tutto; ancora pochi gemiti e rimane in silenzio.

La donna vestita di bianco lotta contro un immenso desiderio di urlare. E questo desiderio è reso ancora più incoercibile dalla consapevolezza che colui per il quale vuole urlare non la sentirà. Di colpo, non riuscendo più a trattenersi, lancia un urlo, un urlo acuto, terribile.

Allora Julie si ridesta dalla sua stupefazione, si rialza, prende le mutandine, se le infila, si mette addosso in tutta fretta i vestiti sgualciti e scappa via di corsa.

Vincent è più lento. Raccoglie da terra la camicia e i pantaloni, ma non riesce a trovare le mutande.

A pochi passi da lui, alle sue spalle, c'è un uomo in pigiama, immobile, che nessuno vede e che a sua volta non vede nessuno, poiché la sua attenzione è totalmente concentrata sulla donna vestita di bianco.

38

Incapace di rassegnarsi all'idea di essere stata respinta da Berck, le è venuta una voglia pazza di andare a provocarlo, di esibirsi sotto i suoi occhi in tutta la sua candida bellezza (la bellezza di una donna immacolata non è forse candida?); ma la passeggiata lungo i corridoi e la hall dell'albergo non è andata per il verso giusto: Berck non c'era più, e l'operatore, invece di seguirla in silenzio come un umile cane bastardo, ha continuato ad apostrofarla urlando sguaiatamente. È riuscita, certo, ad attirare l'attenzione su di sé, ma un'attenzione malevola e beffarda, che l'ha spinta ad accelerare il passo, a fuggire: è arrivata così ai bordi della piscina, dove si è imbattuta in quella coppia copulante, e finalmente ha urlato.

Quell'urlo l'ha ridestata, e adesso vede con assoluta chiarezza la trappola che si sta chiudendo sopra di lei: alle sue spalle c'è l'inseguitore, davanti c'è l'acqua. Capisce lucidamente di essere accerchiata, di non avere vie d'uscita; la sola che le rimanga è del tutto insensata, e la sola azione ragionevole che possa compiere è un'azione folle; con tutta la forza della sua volontà sceglie quindi l'irragionevolezza: fa due passi avanti e si butta in acqua.

Il modo in cui si è buttata è piuttosto curioso: contrariamente a Julie, è capacissima di fare un tuffo, eppure è andata giù di piedi, e con le braccia scompostamente allargate.

Il fatto è che tutti i gesti, oltre alla loro funzione pratica, hanno un significato che va al di là delle intenzioni di chi li compie; quando una persona in costume da bagno si tuffa in acqua, il suo gesto ha un che di gioioso, a prescindere dal fatto che questa persona sia triste o meno. Ma quando qualcuno si butta in acqua completamente vestito è tutta un'altra cosa: solo chi vuole affogare si butta in acqua completamente vestito, e chi vuole affogare non si tuffa di testa, si lascia cadere: così vuole l'ancestrale linguaggio dei gesti. Ecco perché Immacolata, pur essendo un'ottima nuotatrice, non ha potuto fare altro, con il suo bel vestito addosso, che buttarsi in acqua in un modo pietoso.

E adesso, senza alcun ragionevole motivo, eccola in acqua, schiava di un gesto il cui significato le riempie a poco a poco l'anima: sa di star vivendo il proprio suicidio, il proprio annegamento, e quello che farà d'ora in poi non sarà altro che un balletto, una pantomima mediante la quale il tragico gesto proseguirà il suo muto discorso.

Dopo esser caduta nell'acqua, Immacolata si rialza in piedi. In quel punto della piscina l'acqua è poco profonda, e le arriva all'altezza della vita; lei rimane così per alcuni secondi, con la testa alta e il petto in fuori. Poi si lascia cadere di nuovo. In quel momento la sciarpa del vestito si slega e galleggia dietro di lei come i ricordi galleggiano dietro i morti. Ancora una volta si rialza in piedi, con la testa lievemente inclinata all'indietro e le braccia aperte; poi fa qualche passo, come se volesse mettersi a correre, là dove il fondo della piscina è in discesa, e si immerge di nuovo. E così avanza, simile a un animale acquatico, a un'anatra mitologica che fa scomparire la testa sotto la superficie dell'acqua e poi la rialza rovesciandola all'indietro: movimenti che cantano il desiderio di vivere sulle vette o di perire nel fondo delle acque.

A un tratto l'uomo in pigiama si getta in ginocchio e singhiozza: « Torna indietro, torna indietro, io sono un criminale, io sono un criminale, torna indietro! ».

39

Dall'altro lato della piscina, là dove l'acqua è profonda, lo scienziato ceco, che sta facendo le sue flessioni, guarda stupefatto: in un primo momento ha pensato che la coppia appena arrivata fosse venuta a unirsi alla coppia copulante, e che avrebbe finalmente assistito a una di quelle leggendarie partouse di cui aveva tanto sentito parlare quando lavorava sui ponteggi del puritano impero comunista. Ha addirittura pensato, nel suo pudore, che, di fronte a un simile amplesso collettivo, avrebbe fatto meglio a lasciare quel luogo e a tornarsene nella sua stanza. Poi il terribile grido gli ha trafitto le orecchie, e lui è rimasto lì, sulle braccia tese, come pietrificato, senza poter continuare i suoi esercizi, anche se finora si è sollevato per sole diciotto volte. Sotto i suoi occhi, la donna vestita di bianco è caduta in acqua, e una sciarpa con sopra certi fiorellini artificiali azzurri e rosa ha cominciato a galleggiare dietro di lei.

Immobile, con il busto sollevato, lo scienziato ceco capisce infine che quella donna vuole affogare: si sforza infatti di tenere la testa sott'acqua, ma poiché la sua determinazione non è abbastanza forte ogni volta la tira fuori di nuovo. Sta assistendo a un suicidio quale mai sarebbe riuscito a immaginare. La donna è malata, o ferita, o inseguita; eccola che rialza di nuovo la testa, e ancora sparisce sotto la superficie dell'acqua, e ancora, e ancora; sicuramente non sa nuotare; e continua ad avanzare, rimanendo sempre più a lungo con la testa sott'acqua, sicché fra poco l'acqua la coprirà interamente e lei morirà sotto lo sguardo passivo di un uomo in pigiama che, inginocchiato sul bordo della piscina, la guarda e piange.

Lo scienziato ceco non può esitare oltre: si alza e si sporge in avanti al di sopra dell'acqua, con le gambe piegate e le braccia tese all'indietro.

L'uomo in pigiama non vede più la donna, è affascinato dalla statura di uno sconosciuto, alto, forte, stranamente deforme, che proprio di fronte a lui, a una quindicina di metri di distanza, si appresta a intervenire in un dramma che non lo riguarda, un dramma che l'uomo in pigiama serba gelosamente per sé e per la donna che ama. Perché – come dubitarne? – la ama, e il suo odio è solo passeggero; è incapace di detestarla sul serio e a lungo anche se lo fa soffrire. Sa che agisce sotto l'impulso di una sensibilità irrazionale e indomabile, di quella miracolosa sensibilità che lui non capisce e che venera. Pur avendola appena coperta di insulti, rimane intimamente convinto che è innocente, e che il vero colpevole di quell'inaspettato litigio è qualcun altro. Non sa chi sia né dove sia, ma è pronto ad avventarsi su di lui. In questo stato d'animo osserva l'uomo che si sporge con fare sportivo al di sopra dell'acqua; guarda come ipnotizzato quel corpo forte, muscoloso e curiosamente sproporzionato, con le sue larghe cosce femminee e i grossi polpacci ottusi, un corpo assurdo come l'incarnazione stessa dell'ingiustizia. Non sa niente di quell'uomo, non ha alcun sospetto su di lui ma, accecato com'è dalla sofferenza, vede in quel monumento di bruttezza l'immagine medesima della propria inesplicabile infelicità, e si sente invadere da un odio invincibile nei suoi confronti.

Lo scienziato ceco si tuffa e in poche, possenti bracciate si avvicina alla donna.

« Lasciala stare! » urla l'uomo in pigiama, e si getta anche lui in acqua.

Lo scienziato è ormai a due metri dalla donna; i suoi piedi toccano già il fondo.

L'uomo in pigiama nuota verso di lui e urla un'altra volta: « Lasciala stare! Non la toccare! ».

Lo scienziato ceco ha steso le braccia sotto il corpo della donna, che si abbandona con un lungo sospiro.

In quel momento l'uomo in pigiama gli è addosso: « Se non la lasci ti ammazzo! ».

Ha gli occhi pieni di lacrime, e non vede niente, nient'altro che una sagoma deforme; l'afferra per una spalla e la scuote violentemente. Lo scienziato perde l'equilibrio, la donna gli scivola dalle braccia. Nessuno dei due uomini si occupa più di lei, che nuota verso la scaletta e risale. Lo scienziato guarda gli occhi pieni di odio dell'uomo in pigiama e i suoi occhi si accendono dello stesso odio.

L'uomo in pigiama non si trattiene più e colpisce.

Lo scienziato avverte un dolore alla bocca. Con la lingua si ispeziona un incisivo e si accorge che dondola. È un dente finto, laboriosamente impiantato nella radice ad opera di un dentista di Praga che aveva sistemato intorno a quello altri denti finti, e gli aveva reiteratamente spiegato che proprio quell'incisivo serviva da appoggio a tutti gli altri e che se un giorno l'avesse perso non sarebbe sfuggito alla ineluttabilità della dentiera, cosa per la quale lo scienziato prova un indicibile orrore. Passa la lingua sul dente che dondola e impallidisce, dapprima di angoscia, poi di rabbia. Tutta la sua esistenza gli scorre davanti, e per la seconda volta in quel giorno gli occhi gli si riempiono di lacrime; ebbene sì, piange, e dal fondo di quelle lacrime un'idea si fa strada nella sua mente: ha perduto tutto, gli restano solo i muscoli; ma quei muscoli, i suoi poveri muscoli, a che cosa gli servono? Quasi fosse una molla, questa domanda fa scattare il suo braccio destro: il terribile risultato è uno schiaffo, uno schiaffo immenso come la tristezza di una dentiera, immenso come mezzo secolo di sublimi scopate sui bordi di tutte le piscine francesi. L'uomo in pigiama scompare sott'acqua.

La caduta è stata così rapida, così perfetta che lo scienziato ceco pensa di averlo ammazzato; rimane interdetto un istante, poi si china, lo solleva e gli dà qualche colpetto sul viso; l'uomo apre gli occhi, e il suo sguardo assente si posa sull'apparizione deforme: allora si divincola e nuota verso la scaletta per andare a raggiungere la donna.

40

Questa, accoccolata sul bordo della piscina, ha osservato attentamente l'uomo in pigiama, la sua lotta e la sua caduta. Appena lo vede risalire sul bordo piastrellato della piscina, si rialza e si avvia verso la scala, senza voltarsi, ma abbastanza lentamente da consentirgli di seguirla. Così, senza dire una parola, orgogliosamente bagnati, attraversano la hall (che da un pezzo ormai è deserta), si inoltrano per i corridoi e arrivano alla stanza. Hanno i vestiti fradici, tremano dal freddo e devono cambiarsi.

E poi?

Come sarebbe, e poi? Faranno l'amore, che cosa credevate? Stanotte rimarranno in silenzio, lei si limiterà a gemere come se avesse ricevuto un torto. Così tutto potrà continuare, e la commedia che hanno recitato stasera per la prima volta verrà replicata durante i giorni e le settimane seguenti. Lei, per dimostrare di essere al di sopra di ogni volgarità, al di sopra del mondo ordinario che tanto disprezza, lo costringerà di nuovo a mettersi in ginocchio, lui si accuserà, piangerà, allora lei diventerà ancora più feroce, gli metterà le corna, esibirà la propria infedeltà, lo farà soffrire, e lui si ribellerà, sarà volgare, minaccioso, risoluto a fare qualcosa di inqualificabile, romperà un vaso, urlerà insulti terribili, al che lei fingerà di aver paura, l'accuserà di essere violento e aggressivo, e lui si getterà di nuovo in ginocchio, di nuovo piangerà e di nuovo si dichiarerà colpevole, dopodiché lei gli concederà di scoparla, e via di seguito, ancora e ancora, per settimane, per mesi, per anni – per l'eternità.

41

E lo scienziato ceco? Con la lingua incollata al dente che dondola, sta pensando: ecco che cosa resta di tutta la mia vita, un dente che dondola e il terrore di essere costretto a portare la dentiera. Nient'altro? Proprio niente niente? Niente. In un lampo, tutto il suo passato gli appare non come un'avventura sublime, ricca di avvenimenti drammatici ed eccezionali, ma come il minuscolo frammento di un'accozzaglia di eventi confusi che hanno attraversato il pianeta a una tale velocità da impedire a chiunque di distinguerne la fisionomia, sicché forse Berck ha avuto ragione a prenderlo per un ungherese o per un polacco, perché forse lui è davvero ungherese, polacco, o magari turco, o russo – o addirittura un bambino somalo moribondo. Quando gli eventi accadono troppo rapidamente nessuno può essere sicuro di niente, assolutamente di niente, neppure di se stesso.

Rievocando la notte di Madame de T., ho citato la ben nota equazione contenuta in uno dei primi capitoli del manuale di matematica esistenziale: il grado di velocità è direttamente proporzionale all'intensità dell'oblio. Da tale equazione si possono dedurre diversi corollari, per esempio il seguente: la nostra epoca si abbandona al demone della velocità, ed è per questo motivo che dimentica tanto facilmente se stessa. Ma io preferisco rovesciare questa affermazione: la nostra epoca è ossessionata dal desiderio di dimenticare, ed è per realizzare tale desiderio che si abbandona al demone della velocità; se accelera il passo è perché vuol farci capire che ormai non aspira più a essere ricordata; che è stanca di se stessa, disgustata di se stessa; che vuole spegnere la tremula fiammella della memoria.

Caro compatriota, compagno, celebre scopritore della *Musca pragensis*, eroico lavoratore dei ponteggi, non posso più sopportare di vederti piantato lì in mezzo all'acqua! Ti verrà un accidente! Amico! Fratello! Non tormentarti! Vieni fuori! Va' a dormire. Rallegrati di essere stato dimenticato. Avvolgiti nel morbido scialle dell'amnesia generale. Non pensare più alle risate che ti hanno ferito, quelle risate non esistono più, come non esistono più gli anni che hai passato sui ponteggi, né la tua gloria di perseguitato. Il castello è immerso nel silenzio; apri la finestra e lascia che l'odore degli alberi invada la stanza. Respira. Questi ippocastani sono lì da trecento anni. Il loro fruscio è lo stesso che udivano Madame de T. e il giovane cavaliere mentre si amavano nel casinetto in fondo al parco: a quell'epoca si poteva vederlo dalla tua finestra, ma tu purtroppo non lo vedrai, perché è stato distrutto una quindicina d'anni dopo, durante la rivoluzione del 1789, e tutto quello che ne rimane è in quelle poche pagine del racconto di Vivant Denon, che tu non hai letto, e molto probabilmente non leggerai mai.

42

Vincent non è riuscito a trovare le mutande, così si è infilato i pantaloni e la camicia sul corpo bagnato e si è messo a correre dietro a Julie. Ma lei è stata troppo lesta e lui troppo lento. Attraversa i corridoi e si rende conto che è scomparsa. Poiché ignora quale sia la camera di Julie, sa che le possibilità di trovarla sono assai scarse, ma continua a vagare per i corridoi nella speranza che una porta si apra e la voce di Julie gli dica: « Vieni, Vincent, vieni ». Ma tutti dormono, non si sente alcun rumore e tutte le porte rimangono chiuse. Lui mormora: « Julie, Julie! », poi il mormorio si fa più forte, il mormorio diventa un urlo, ma gli risponde soltanto il silenzio. Lui la immagina. Immagina il suo volto reso diafano dalla luna. Immagina il suo buco del culo. Ah, quel buco del culo che era nudo, vicinissimo a lui, e che lui ha mancato, totalmente mancato. Che non ha né visto né toccato. Eccola di nuovo, quella terribile immagine, ed ecco il suo povero membro che si risveglia e si rizza, oh come si rizza: inutilmente, irragionevolmente, immensamente.

Tornato in camera, si lascia cadere su una sedia e non ha nient'altro in testa se non il desiderio di Julie. È pronto a fare qualunque cosa per ritrovarla, ma non c'è proprio niente da fare. Domani mattina lei scenderà in sala da pranzo a fare colazione, ma purtroppo lui sarà già tornato a Parigi. Non conosce né il suo indirizzo né il suo cognome né dove lavora, niente. È solo con la sua immensa disperazione, materializzata dalla incongrua grandezza del suo membro.

Quest'ultimo dimostrava, appena un'ora fa, un encomiabile buon senso riuscendo a mantenere dimensioni decorose (e ha giustificato il fatto, in un discorso degno di nota, con argomenti la cui razionalità ha prodotto su noi tutti una favorevole impressione); ora però ho qualche dubbio sulla ragionevolezza di questo stesso membro, il quale sembra nella fattispecie aver perduto tutto il suo buon senso: senza alcun motivo plausibile si erge contro l'universo come la Nona Sinfonia di Beethoven che, di fronte alla lugubre umanità, urla il suo inno alla gioia.

43

Vera si sveglia per la seconda volta.

« Perché ti senti in dovere di tenere la radio a tutto volume? Mi hai svegliata ».

« Non sto sentendo la radio. Tutto è calmo come di più non potrebbe esserlo ».

« No, tu sentivi la radio, e non è davvero gentile da parte tua. Io stavo dormendo ».

« Ti giuro di no! ».

« E per giunta quello stupido inno alla gioia, come puoi sentire roba del genere! ».

« Perdonami. È di nuovo colpa della mia immaginazione ».

« Come sarebbe, la tua immaginazione? Non l'hai mica scritta tu la Nona Sinfonia! Cominci a credere di essere Beethoven adesso? ».

« Non volevo dire questo ».

« Mai questa sinfonia mi è sembrata così insopportabile, così fuori luogo, così inopportuna, così puerilmente pomposa, così scioccamente e ingenuamente volgare. Non ne posso più. È davvero il colmo. In questo castello ci sono i fantasmi e io non voglio rimanerci un minuto di più. Per favore, andiamo via. Del resto, si sta facendo giorno ».

E si alza dal letto.

44

È l'alba. Penso alla scena finale del racconto di Vivant Denon. A metter fine alla notte, nel boudoir segreto del castello è arrivata una cameriera, la confidente, che ha annunciato agli amanti l'aurora ormai vicina. Il cavaliere si riveste in tutta fretta e se ne va, ma si smarrisce nei corridoi del castello. Nel timore di essere scoperto, preferisce andare nel parco e fingere di passeggiare come chi, avendo ben dormito, si fosse svegliato di buon'ora. Con le idee ancora confuse, cerca di capire il senso di quell'avventura: Madame de T. ha dunque rotto con il Marchese suo amante? O forse la rottura è in corso? O voleva soltanto punirlo? Quale sarà il seguito della notte appena terminata?

A un tratto, mentre è immerso in queste riflessioni, si vede davanti il Marchese, l'amante di Madame de T. È appena arrivato al castello e si precipita sul cavaliere: « Com'è andata? » gli chiede con impazienza.

Il dialogo successivo rivelerà finalmente al cavaliere a che cosa deve la sua avventura: era necessario stornare l'attenzione del marito verso un finto amante, e questa parte è toccata a lui. Non un granché come parte, anzi una parte piuttosto ridicola, ammette ridendo il Marchese. E come a voler ricompensare il cavaliere per il suo sacrificio, gli accorda qualche confidenza: Madame de T. è una donna adorabile, dice, e soprattutto di una fedeltà senza uguali. Ha un solo difetto: è frigida.

I due ritornano al castello e vanno a presentare i loro omaggi al marito. Questi accoglie cordialmente il Marchese e tratta con freddezza il cavaliere, raccomandandogli anzi di partire al più presto; al che l'amabile Marchese gli offre la sua carrozza.

Poi Marchese e cavaliere vanno a far visita a Madame de T. Alla fine dell'incontro, lei riesce a dire al cavaliere qualche parola affettuosa. Ed ecco le frasi con cui si accomiata da lui: « Adesso il vostro amore vi richiama; colei che ne è l'oggetto ne è degna ... Addio, ancora una volta. Siete delizioso... Non mi guastate con la Contessa ».

« Non mi guastate con la Contessa »: queste le ultime parole che Madame de T. rivolge al suo amante.

Ed ecco, immediatamente dopo, le parole con cui si chiude il racconto: « Salii nella carrozza che mi aspettava. Provai a cercare la morale di tutta quell'avventura, e... non la trovai ».

Eppure la morale c'è, e ad incarnarla è proprio Madame de T.: che ha mentito al marito, ha mentito all'amante e ha mentito al giovane cavaliere. È lei il vero discepolo di Epicuro. Amabile amica del piacere. Dolce protettrice bugiarda. Custode della felicità.

45

La vicenda è raccontata in prima persona dal cavaliere. Il quale non sa nulla di quello che pensa veramente Madame de T. ed è piuttosto avaro anche quando parla dei propri sentimenti e dei propri pensieri. Il mondo interiore dei due personaggi rimane velato, o almeno semivelato.

Allorché, all'alba, il Marchese ha parlato della frigidità della sua amante, il cavaliere ha potuto ridere sotto i baffi, poiché questa gli ha appena dimostrato il contrario. Ma, a parte ciò, egli non ha alcuna certezza. Quel che Madame de T. ha vissuto con lui rientra nelle sue abitudini o si è trattato di un'avventura rara, per non dire del tutto eccezionale? Il suo cuore ne è stato toccato o è rimasto intatto? Adesso, dopo la notte d'amore con il cavaliere, è gelosa della Contessa? Le sue ultime parole, con cui la raccomandava al cavaliere, erano sincere o dettate unicamente dal bisogno di mettersi al sicuro? Il cavaliere le mancherà, o la sua assenza la lascerà indifferente?

E a proposito del cavaliere: quando poche ore prima il Marchese si è fatto beffe di lui, gli ha risposto con grande spirito, riuscendo a mantenere il controllo della situazione. Ma come si è sentito veramente? E come si sentirà nel momento in cui lascerà il castello? A che cosa penserà? Ai momenti di piacere che ha vissuto o alla sua reputazione di giovanottino ridicolo? Si sentirà vincitore o vinto? Felice o infelice?

In altre parole: si può vivere nel piacere e per il piacere, ed essere felici? L'ideale dell'edonismo è realizzabile? Esiste una speranza che lo sia? Esiste almeno un tenue barlume di speranza che lo sia?

46

È stanco da morire. Ha voglia di stendersi sul letto e di dormire, ma non può correre il rischio di non svegliarsi in tempo. Deve partire fra un'ora, al più tardi. Seduto su una sedia, si mette il casco da motociclista nella speranza che quel peso sulla testa gli impedisca di addormentarsi. Ma star seduti con un casco da motociclista in testa e non poter dormire è una cosa del tutto priva di senso. Si alza, risoluto a partire.

La partenza imminente gli riporta l'immagine di Pontevin. Ah, quel Pontevin! Gli farà delle domande. Che cosa deve raccontargli? Se gli dice esattamente tutto quanto è accaduto, ne sarà senz'altro divertito, e con lui il resto della compagnia. Perché fa sempre ridere quando il narratore interpreta un ruolo comico nella storia che racconta. E nessuno, d'altronde, sa farlo meglio di Pontevin. Ad esempio quando dice di aver trascinato per i capelli la dattilografa perché l'aveva confusa con un'altra. Ma attenzione! Pontevin è furbo! Tutti immaginano che dietro la comicità del suo racconto si nasconda una realtà molto più lusinghiera; gli invidiano l'amichetta che reclama da lui comportamenti brutali, e nella loro gelosia si figurano una graziosa dattilografa con la quale dio solo sa che cosa combina. Ma se sarà Vincent a raccontare la storia del finto amplesso ai bordi della piscina, tutti saranno pronti a credergli e rideranno di lui e del suo fiasco.

Cammina su e giù per la stanza e cerca di correggere un tantino la sua storia, di rimodellarla, di ritoccarla qua e là. La prima cosa da fare è trasformare il coito simulato in coito reale. Immagina la gente che scende verso la piscina, stupita e affascinata dal loro ardente abbraccio; tutti si affrettano a spogliarsi, alcuni li stanno a guardare, altri li imitano, e quando Vincent e Julie vedono intorno a loro un magnifico amplesso collettivo in pieno svolgimento, con un senso raffinato della messa in scena si alzano, guardano ancora per qualche secondo quelle coppie che se la spassano, poi, come demiurghi che si allontanano dopo aver creato il mondo, se ne vanno. Se ne vanno così come si sono incontrati, ciascuno dalla sua parte, per non rivedersi mai più.

Appena queste ultime, terribili parole, « per non rivedersi mai più », gli si affacciano alla mente, ecco che il suo membro si risveglia; e Vincent vorrebbe dare la testa nel muro.

È strano, ma mentre inventava la scena dell'orgia, quella lugubre eccitazione si spegneva, e invece adesso che evoca l'assenza della vera Julie, è di nuovo eccitato alla follia. Decide quindi di aggrapparsi alla storia dell'orgia, la immagina e se la racconta ogni volta daccapo: loro che fanno l'amore, le coppie che arrivano, li guardano, si spogliano, e i bordi della piscina che diventano teatro di un convulso amplesso collettivo. Alla fine, dopo essersi ripassato parecchie volte questa specie di filmino pornografico, si sente meglio, e anche il suo membro torna a mostrarsi più ragionevole, quasi calmo.

Si immagina il Café Gascon, gli amici che lo ascoltano. C'è Pontevin, Machu che esibisce il suo accattivante sorriso da idiota, Goujard che interviene con le sue chiose erudite, e gli altri. A mo' di conclusione, Vincent dirà: « Amici miei, ho scopato per voi, tutti i vostri cazzi erano presenti in quella magnifica partouse, sono stato il vostro delegato, il vostro ambasciatore, il vostro deputato scopatore, il vostro cazzo mercenario, sono stato un cazzo al plurale! ».

Continua ad andare su e giù per la stanza e ripete più volte l'ultima frase a voce alta. Un cazzo al plurale, che stupenda trovata! Poi (la sgradevole eccitazione è ormai del tutto scomparsa) prende la borsa ed esce.

47

Vera è andata a pagare il conto, e io scendo verso la macchina parcheggiata in cortile con in mano una piccola valigia. Mi dispiace che la volgare Nona Sinfonia abbia impedito a mia moglie di dormire e ci abbia costretti a lasciare precipitosamente un luogo in cui mi sentivo così bene – e mi guardo intorno pieno di nostalgia. La scalinata del castello. È qui che all'inizio della notte, quando la carrozza si è fermata, il marito ha accolto, con gelida urbanità, Madame de T. che giungeva in compagnia del cavaliere. È da qui che il cavaliere esce, una decina di ore più tardi, questa volta solo, senza nessuno che lo accompagni.

Quando la porta dell'appartamento di Madame de T. si è chiusa alle sue spalle, ha sentito la risata del Marchese, alla quale, dopo un attimo, si è unita una risata femminile. Per un momento ha rallentato il passo: perché ridono? Si fanno beffe di lui? Poi non vuole sentire più niente, e senza indugio si avvia verso l'uscita; ma quella risata continua a echeggiare dentro di lui; non riesce a liberarsene e, in effetti, non se ne libererà mai. Gli torna in mente la frase del Marchese: « Ma non avverti la comicità del tuo personaggio? ». All'alba, quando il Marchese gli ha rivolto quella domanda maliziosa, lui non ha battuto ciglio. Sapeva di avere davanti a sé un cornuto, e pensava allegramente che le ipotesi erano due: o Madame de T. aveva deciso di lasciare il Marchese, e in tal caso l'avrebbe sicuramente rivista, oppure lei aveva voluto vendicarsi, e anche in questo caso era probabile che la rivedesse (chi si vendica oggi, si vendicherà certamente anche domani). E le stesse cose poteva pensarle ancora un'ora fa. Ma dopo le ultime parole di Madame de T. tutto gli è stato chiaro: non ci sarà nessun seguito a quella notte. Senza domani.

Il cavaliere esce dal castello nella fredda solitudine del mattino, e pensa che della notte vissuta con Madame de T. non gli rimane nulla, null'altro che quella risata: l'aneddoto circolerà e lui diventerà un personaggio comico. Ed è cosa universalmente nota che nessuna donna prova attrazione per un uomo comico. Senza neanche chiedere il suo permesso gli hanno messo in testa un cappello da buffone, e lui non si sente abbastanza forte per portarlo. L'anima sua si ribella, e una voce interiore lo esorta a raccontare quella storia, a raccontarla così come si è svolta, a raccontarla ad alta voce e al mondo intero.

Ma sa che non potrà farlo. Comportarsi da villano sarebbe ancora peggio che essere ridicolo. Non può tradire Madame de T. e non la tradirà.

48

È da una porta più discreta, quella dietro la reception, che Vincent esce in cortile. Continua a sforzarsi di recitare a se stesso la storia della partouse ai bordi della piscina, non più per il suo effetto anerotizzante (è ormai a mille miglia da qualsiasi eccitazione erotica), ma per soffocare lo strazio insopportabile che gli provoca il ricordo di Julie. Sa che soltanto quella storia inventata può fargli dimenticare ciò che è realmente accaduto. Ha voglia di raccontare al più presto e ad alta voce questa nuova storia, di trasformarla in una banda trionfale di trombe che annullerà completamente la miserabile simulazione di coito che gli ha fatto perdere Julie.

« Sono stato un cazzo al plurale » si ripete, e sente la risata complice di Pontevin, vede il sorriso accattivante di Machu che gli dirà: « Tu sei un cazzo al plurale e da oggi in poi ti chiameremo soltanto così: Cazzo-al-plurale ». Questa idea gli piace, e Vincent sorride.

Mentre si dirige verso la moto parcheggiata dall'altra parte del cortile, vede un uomo, un po' più giovane di lui, vestito con un abito appartenente a un'epoca lontana, che gli viene incontro. Vincent lo fissa stupefatto. Accidenti, dev'essere veramente suonato, dopo la notte dissennata che ha trascorso, se non è in grado di spiegarsi razionalmente l'apparizione. È forse un attore in costume? Ha per caso qualche rapporto con la presenza di quella tizia della televisione? Ieri hanno girato al castello uno spot pubblicitario? Ma quando i loro occhi si incontrano, Vincent vede nello sguardo dell'altro uno stupore profondamente sincero, quale nessun attore sarebbe capace di simulare.

49

Il giovane cavaliere guarda lo sconosciuto. Ad attirare la sua attenzione è soprattutto lo strano copricapo. Con in testa un casco del genere, due o tre secoli fa i cavalieri andavano in guerra. Non meno sorprendente del casco, del resto, è l'ineleganza dell'uomo. Un paio di pantaloni troppo larghi, completamente informi, come potrebbe portarne solo un contadino poverissimo. O magari un monaco.

Si sente stanco, stremato, al limite del malessere. Forse sta dormendo, forse sogna, o forse vaneggia. Ma ecco che l'uomo gli si avvicina, apre la bocca e pronuncia una frase che accresce il suo stupore: « Tu sei del Settecento? ».

La domanda è singolare, assurda, ma ancora più singolare è il modo in cui è stata pronunciata, con un'intonazione sconosciuta, come se l'uomo fosse un messaggero venuto da un reame straniero e avesse imparato il francese a corte senza conoscere la Francia. È stata quell'intonazione, quella pronuncia inverosimile a far pensare al cavaliere che l'uomo potrebbe davvero provenire da un altro tempo.

« Sì, e tu? » domanda a sua volta.

« Io? Del Novecento ». Poi aggiunge: « Della fine del Novecento ». E dice ancora: « Ho vissuto una notte meravigliosa ».

Il cavaliere resta colpito da quella frase: « Anch'io » dice.

Immagina Madame de T. e si sente invaso a un tratto da un'ondata di gratitudine. Dio mio, come ha potuto attribuire tanta importanza alla risata del Marchese? Come se quello che più conta non fosse la bellezza della notte che ha vissuto, la bellezza che lo inebria ancora al punto da fargli vedere dei fantasmi, da fargli confondere i sogni con la realtà, da scaraventarlo fuori dal tempo.

L'uomo con il casco ripete di nuovo, con quella buffa intonazione: « Ho vissuto una notte assolutamente meravigliosa ».

Il cavaliere scuote la testa, come per dire: eh sì, ti capisco, amico mio, chi meglio di me potrebbe capirti? Poi ci ripensa: avendo promesso di essere discreto, non potrà mai raccontare a nessuno quel che ha vissuto. Ma un'indiscrezione, dopo duecento anni, è ancora un'indiscrezione? È come se il dio dei libertini gli avesse mandato quell'uomo perché possa parlargli; perché possa essere indiscreto pur rispettando il suo impegno alla discrezione; perché possa deporre un momento della sua vita da qualche parte nel futuro; proiettarlo nell'eternità; trasformarlo in gloria.

« Sei veramente del Novecento? ».

« Ma sì, vecchio mio. Accadono cose straordinarie in questo secolo. La libertà dei costumi. Ti ripeto, ho vissuto una notte formidabile ».

« Anch'io » dice ancora una volta il cavaliere, e si appresta a raccontargli la sua.

« Una notte strana, molto strana, una notte incredibile » ripete l'uomo con il casco, fissando su di lui uno sguardo gravido di insistenza.

In quello sguardo il cavaliere legge l'ostinato desiderio di parlare. E qualcosa in quella ostinazione lo disturba. Capisce che una tale impazienza di parlare è al tempo stesso un implacabile disinteresse ad ascoltare. E di fronte a tanta voglia di parlare il cavaliere perde ipso facto il piacere di dire alcunché, e improvvisamente non vede più alcun motivo per prolungare l'incontro.

Lo assale una nuova ondata di stanchezza. Si passa la mano sul viso e sente l'odore che Madame de T. gli ha lasciato sulle dita dopo l'amore. Quell'odore lo riempie di nostalgia: ha voglia di starsene da solo nella carrozza e cominciare il lento, trasognato viaggio che lo riporterà a Parigi.

50

L'uomo in costume antico sembra molto giovane, e agli occhi di Vincent è quindi in un certo modo tenuto a interessarsi alle confessioni dei più anziani. Quando per due volte gli ha detto: « Ho vissuto una notte meravigliosa » e quello ha risposto: « Anch'io », Vincent ha creduto di intravedere sul suo viso una qualche curiosità, ma poi, in maniera repentina e inspiegabile, quella curiosità è scomparsa, per lasciar posto a un'indifferenza quasi arrogante. L'atmosfera da buoni amici disposti alle confidenze è durata solo un minuto ed è svanita.

Vincent guarda l'abito del giovane con irritazione. In fin dei conti, chi sarà mai quel burattino? Gli scarpini con la fibbia d'argento, i calzoni bianchi che modellano le gambe e il sedere, e tutta quella indescrivibile profusione di jabot, di velluti, di merletti che coprono e ornano il davanti. Prende fra due dita il nastro annodato intorno al collo dell'altro e lo guarda con un sorriso di ironica ammirazione.

La familiarità di quel gesto manda in bestia l'uomo in costume. Il suo viso si contrae in un'espressione di odio. Alza la mano destra come per schiaffeggiare l'impertinente. Vincent lascia andare il nastro e fa un passo indietro. Dopo avergli lanciato un'occhiata sdegnosa, il giovane si volta e si dirige verso la carrozza.

Il disprezzo che l'altro gli ha gettato in faccia ha di nuovo sprofondato Vincent nell'angoscia. All'improvviso si sente debole. È sicuro che sarà incapace di raccontare a chicchessia la storia della partouse. Non avrà la forza di mentire. È troppo triste per mentire. L'unica cosa di cui abbia voglia è dimenticare quella notte, tutta quella notte sprecata, cancellarla, eliminarla, annullarla – e in quel momento prova un'insaziabile sete di velocità.

Con passo risoluto va verso la sua moto, la desidera la sua moto, è pieno di amore per la sua moto, per la sua moto sulla quale dimenticherà tutto, sulla quale dimenticherà se stesso.

51

Vera è appena salita in macchina accanto a me.

« Guarda là » le dico.

« Dove? ».

« Là! È Vincent! Non lo riconosci? ».

« Vincent? Quello che sta salendo in moto? ».

« Sì. Ho paura: spero che non corra troppo. Ho veramente paura per lui ».

« Gli piace correre? Anche a lui? ».

« Non sempre. Ma oggi correrà come un pazzo ».

« In questo castello ci sono i fantasmi. Porterà disgrazia a tutti. Andiamocene, per favore! ».

« Aspetta un momento ».

Voglio contemplare ancora il mio cavaliere che si dirige lentamente verso la carrozza. Voglio assaporare il ritmo dei suoi passi: più egli avanza, più questi rallentano. In questa lentezza mi sembra di riconoscere un segno di felicità.

Il cocchiere lo saluta; lui si ferma, accosta le dita al naso, poi sale, si siede, si rannicchia in un angolo, allunga comodamente le gambe; la carrozza si avvia, e ben presto lui si addormenterà, poi si sveglierà, e per tutto questo tempo si sforzerà di rimanere il più vicino possibile a quella notte che, inesorabilmente, si dissolve alla luce del sole.

Senza domani.

Senza pubblico.

Ti prego, amico mio, sii felice. Ho la vaga

impressione che dalla tua capacità di essere felice dipenda la nostra unica speranza.

La carrozza è scomparsa nella nebbia e io accendo il motore.

FINITO DI STAMPARE NEL SETTEMBRE 1995
DALLA TECHNO MEDIA REFERENCE S.R.L. - MILANO

Printed in Italy

FABULA

VOLUMI PUBBLICATI

1. Milan Kundera, *L'insostenibile leggerezza dell'essere* (20ª ediz.)
2. Ingeborg Bachmann, *Il trentesimo anno* (8ª ediz.)
3. Guido Morselli, *Dissipatio H.G.* (8ª ediz.)
4. Thomas Bernhard, *Il soccombente* (8ª ediz.)
5. Bruce Chatwin, *Sulla collina nera* (5ª ediz.)
6. Milan Kundera, *Lo scherzo* (11ª ediz.)
7. Aldo Busi, *Seminario sulla gioventù* (5ª ediz.)
8. Ingeborg Bachmann, *Tre sentieri per il lago* (7ª ediz.)
9. Anna Maria Ortese, *L'Iguana* (5ª ediz.)
10. Danilo Kiš, *Giardino, cenere*
11. Guido Morselli, *Roma senza papa* (6ª ediz.)
12. Leonardo Sciascia, *1912+1* (5ª ediz.)
13. Ingeborg Bachmann, *Malina* (6ª ediz.)
14. Milan Kundera, *La vita è altrove* (8ª ediz.)
15. Guido Morselli, *Contro-passato prossimo* (3ª ediz.)
16. Clarice Lispector, *Vicino al cuore selvaggio* (3ª ediz.)
17. Vasilij Grossman, *Tutto scorre...*
18. Leonardo Sciascia, *Porte aperte* (7ª ediz.)
19. Anna Maria Ortese, *In sonno e in veglia* (2ª ediz.)
20. Giampaolo Rugarli, *La troga* (2ª ediz.)
21. Thomas Bernhard, *Perturbamento* (4ª ediz.)
22. Danilo Kiš, *Enciclopedia dei morti*
23. Robert M. Pirsig, *Lo Zen e l'arte della manutenzione della motocicletta* (13ª ediz.)
24. Leonardo Sciascia, *A ciascuno il suo* (10ª ediz.)
25. Milan Kundera, *Amori ridicoli* (5ª ediz.)
26. Ingeborg Bachmann, *Il caso Franza*
27. Andrzej Szczypiorski, *La bella signora Seidenman*
28. Leonardo Sciascia, *Il cavaliere e la morte* (3ª ediz.)
29. Thomas Bernhard, *Il respiro* (2ª ediz.)
30. Milan Kundera, *Il valzer degli addii* (5ª ediz.)
31. Ruve Masada, *Il principio della piramide*
32. Leonardo Sciascia, *Il Consiglio d'Egitto* (4ª ediz.)
33. Fleur Jaeggy, *I beati anni del castigo* (10ª ediz.)
34. J. Rodolfo Wilcock, *Lo stereoscopio dei solitari* (2ª ediz.)

35. Bruce Chatwin, *Utz* (6ª ediz.)
36. Guido Morselli, *Divertimento 1889* (5ª ediz.)
37. Thomas Bernhard, *Il nipote di Wittgenstein* (2ª ediz.)
38. Giuseppe Pontiggia, *L'arte della fuga* (2ª ediz.)
39. Leonardo Sciascia, *Candido* ovvero *Un sogno fatto in Sicilia* (5ª ediz.)
40. Milan Kundera, *L'immortalità*
41. Giorgio Manganelli, *Encomio del tiranno*
42. Enzo Muzii, *Punto di non ritorno*
43. Danilo Kiš, *Clessidra*
44. J. Rodolfo Wilcock, *La sinagoga degli iconoclasti* (2ª ediz.)
45. Thomas Bernhard, *A colpi d'ascia*
46. Bruce Chatwin, *Il viceré di Ouidah* (4ª ediz.)
47. David Garnett, *Aspetti dell'amore*
48. Franz Werfel, *Una scrittura femminile azzurro pallido* (10ª ediz.)
49. Giorgio Manganelli, *La palude definitiva*
50. David Vogel, *Vita coniugale*
51. Milan Kundera, *Il libro del riso e dell'oblio*
52. Leonardo Sciascia, *Le parrocchie di Regalpetra* (3ª ediz.)
53. Juan Benet, *Nella penombra*
54. Guido Morselli, *Il comunista* (4ª ediz.)
55. Thomas Bernhard, *Il freddo* (2ª ediz.)
56. Muriel Spark, *Simposio*
57. Álvaro Mutis, *L'ultimo scalo del Tramp Steamer* (3ª ediz.)
58. Roy Lewis, *Il più grande uomo scimmia del Pleistocene* (15ª ediz.)
59. Roberto Vigevani, *Dalla pancia di un orso bianco* (2ª ediz.)
60. Leonardo Sciascia, *Gli zii di Sicilia* (2ª ediz.)
61. Thomas Bernhard, *L'origine* (3ª ediz.)
62. André Malraux, *La Via dei Re*
63. Guido Morselli, *Un dramma borghese* (2ª ediz.)
64. Robert M. Pirsig, *Lila*
65. Thomas Bernhard, *Antichi Maestri* (3ª ediz.)
66. Leonardo Sciascia, *Il giorno della civetta* (5ª ediz.)
67. Josef Škvorecký, *Il sax basso*
68. Norman Maclean, *In mezzo scorre il fiume* (4ª ediz.)
69. Anna Maria Ortese, *Il cardillo addolorato* (6ª ediz.)
70. Paolo Maurensig, *La variante di Lüneburg* (12ª ediz.)
71. Muriel Spark, *Memento mori* (3ª ediz.)
72. Mario Soldati, *Salmace*

73. Roy Lewis, *La vera storia dell'ultimo re socialista*
74. Leonardo Sciascia, *Il contesto*
75. Thomas Bernhard, *Un bambino* (3ª ediz.)
76. Piero Meldini, *L'avvocata delle vertigini* (2ª ediz.)
77. Anna Maria Ortese, *Il mare non bagna Napoli* (2ª ediz.)
78. Joseph Mitchell, *Il segreto di Joe Gould*
79. Thomas Bernhard, *La cantina* (2ª ediz.)
80. Muriel Spark, *A mille miglia da Kensington*
81. Fleur Jaeggy, *La paura del cielo* (2ª ediz.)
82. Christina Stead, *Un tè e quattro chiacchiere*
83. Fruttero & Lucentini, *La donna della domenica*
84. Leonardo Sciascia, *Todo modo*
85. Tim Parks, *Lingue di fuoco*
86. Milan Kundera, *La lentezza* (7ª ediz.)
87. Alberto Arbasino, *Specchio delle mie brame*
88. Yakup Kadri Karaosmanoğlu, *Nur Baba*